상상의 책꽂이

상상의 책꽂이

건축가 서현의 인문학적 상상

서현 지음

효형출판

이상한 문진

문 닫고 좀 들어오시죠.
이렇게 이야기한 것은 의사였다. 건강검진의 마지막 단계인 문진問診이었다. 건강검진 대상자를 그냥 돌려보내자니 성의가 부족한 것 같아 그냥 막판에 몇 마디 물어보는 시늉을 한다, 이게 내가 이해하던 문진의 실체였다. 그런데 그날 의사의 질문은 술, 담배를 얼마나 자주 하느냐는 것이 아니었다.

우리 딸이 중학생인데, 건축과에 가겠다는데요.

의사의 모니터에 건축과 교직원이라는 정보가 떴던 모양이었다. 그래서 문진의 현장은 갑자기 진학상담장으로 역전된 것이다. 진학상담 자체는 특이할 것이 없었다. 심지어 사우디아라비아인 엔지니어가 한국의 건축과에 진학하겠다는 고등학생 아들을 동반하고 나를 방문한 적도 있었다. 그런데 이번에는 상담장이 대학병원 검진센터의 문진실이었다는 것이 좀 특이했다.

이거 전망이 있는 일입니까.

건축과 진학상담의 질문에는 유형이 있다. 대표적 질문이 이것이다. 문장 배경에 깔린 예단은 건축은 전망 없는 직업 아니냐는 것이다. 그 전망이 뭔지 알 길은 없다. 내가 예언자의 혜안을 갖고 있지 않으니 미래를 짚어 이야기할 상황은 아니다. 그래서 대개는 그 질문이 얼마나 허망한 것인지를 설명하는 것이 내 대답이 되고는 한다. 진정 그 내용이 더 궁금하다면 이 책의 내용 중에서 쇠도끼가 물에 빠져야 했던 사연을 찾아보면 된다.

건축가가 되기 위해서 필요한 자질은 무엇인가요.

이런 질문에 대한 대답도 간단명료하게 정리, 준비되어 있다. 그것은 상상력과 논리다. 좀 더 풀면 합리적 상상력과 논리적 설득력이다. 건축은 존재하지 않는 무엇을 그려서 구현해야 하는 작업이다. 그래서 상상력이 필요하다. 물론 상상력은 거의 모든 분야에서 가장 큰 힘을 갖는 능력과 가치다. 여기서 합리적이라는 전제가 붙은 것은 공상, 망상과

구분되어야 하기 때문이다. 중력이 없는 공간에 팔이 등에 붙은 인간들을 위한 건물을 설계하는 상상을 굳이 건축에서 할 필요가 없다. 건축은 그보다 훨씬 더 현실적인 작업이다. 그 제약을 넘어서는 과정에 상상력이 필요하다. 그것이 합리적 상상력이다.

건축은 암굴 구석에서 혼자 그림을 그리는 작업이 아니다. 스케치하고 도면 그리고 허가 내고 견적하고 시공하는 과정에서 무수한 변수가 개입되는 작업이다. 그 변수는 모두 개입되는 사람들의 이해관계가 충돌하여 갈등으로 치닫게 하는 발화 요소들이다. 건축가는 이 과정 전체에 관계하는 유일한 사람이다. 그가 그려낸 바를 구현하기 위해 관여하는 모든 사람들을 설득해야 하는데 그 힘이 바로 논리적 설득력이다.

대학교에서 학생들과 이야기를 하다보면 가장 먼저 부딪히는 난관이 첫 번째 덕목, 상상력의 테두리다. 그러나 고등학교 시절까지 한국의 억압적 교육은 그 능력을 최대한 억제하도록 강요해왔다. 미래라는 시간에 가장 중요한 덕목임이 뚜렷한데 한국이라는 공간에서는 철저히 억누르고 있다. 물론 나도 그런 교육을 받고 자랐다. 내가 지금 학교에서

학생들을 가르치는 근거는 내가 더 나아서가 아니고 단지 좀 더 일찍 태어났기 때문일 뿐이다. 현재는 뿌옇고 미래는 어둡다. 많은 이들이 대학생들의 사고가 말랑말랑하고 상상이 넘칠 거라고 믿는다. 그러나 대학 신입생들의 생각은 믿어지지 않을 정도로 도식적이고 공허하다. 학교에서 선생으로서 내가 해야 할 일은 지속적으로 그 규격화된 상자를 흔들고 뒤집어엎는 것이다.

그런 너는 얼마나 다른데.

그러던 중 갑자기 궁금해졌다. 그렇게 말하는 네 상상력은 어떤 수준인데. 생각해보니 나도 내 상상력을 측정, 검토해본 적이 없었다. 이거야말로 검진이건 문진이건 받아봐야 할 대상이었다. 제약으로 가득한 건축의 테두리를 벗겨냈을 때 내 상상의 수준이 궁금해졌다. 제약 없는 운동장은 문장으로 이루어진 것이 딱 적당해 보였다. 마침 《S매거진》에서 쓰고 싶은 대로 써보라는 초대가 있었다. 돗자리가 깔린 것이다. 이 책은 지면 제약으로 줄여야 했던 원고의 원본, 써놓았지만 싣지 않은 원고들로 이루어져 있다.

보니 이곳은 원고 완료, 즉 도면 완성이 바로 준공 선언이 되는 이상한 마을이었다. 예산 제약, 시공 시비 그런 건 물론 심의, 허가, 협상, 조정, 분쟁이 불필요한 공간이었다. 문장이라는 건물이 들어서는 이 마을에서 필요한 상상력은 맥락을 새로 교직交織하는 서술을 통해 드러나는 것이니 그건 마땅히 인문학적 상상력이라 불리겠다. 즐거운 작업이었다. 이제 그 즐거움이 독자들과 공유되기를 바란다.

어디 아프신 데는 없는 거죠?

의사는 그제야 자신이 누구인지 생각난 듯 마지막으로 덧붙였다. 꽤 시간이 지난 듯했다. 문진실 문을 열고 나오니 꽤 많은 사람들이 줄을 이루고 있었다. 문이 항상 열린 채 사람들이 계속 들락날락해야 할 방이었던 것이다. 동그랗게 뜬 눈들이 문을 열고 나오는 나를 마주 보았다. 그 표정을 문장으로 번역하면 이런 내용이었을 것이다.

겉으로는 멀쩡해 보이는데 도대체 무슨 말 못 할 몹쓸 병을 앓고 있길래….

차례

I.

시간과 공간

공짜글자

슥.

왜 하필이면 이 글자가 눈에 덜컥 걸렸을까. 보니 이건 천하에 쓸모없는 글자였다. 이게 없어도 우리 일상에는 아무 문제가 없었다. 행주질, 붓질, 대패질에 연관이 있는 것 같기도 하나 막상 여기도 '슥'이 없는들 아무 문제가 없다. 우리에게는 벅벅, 쓱쓱, 싹싹이라 쓰는 더 찰진 글자들이 있기 때문이다.

이 글자는 도대체 어디에 쓰나. 이건 분명 '몰래', '슬쩍'과 혈연 간이고 '밀어넣기', '빼먹기'와 한통속이다. 어딘가에 슥 붙어 살 따름이다. 음험했다. 그런데 그런 자들이 다 그렇듯 그 글자도 그리 뻔뻔하고 버젓하게 존재했다. 신기했다. 슥.

그런데 가까이 오래 보면 애정이 생기는 법이란다. 과연 애틋한 마음이 생겼다. 측은지심이 발동했다. 결국 '슥'을 모으기 시작했다. 보이는 '슥'을 주워 모으고, 보이지 않아도 찾아 모았다. 쓸모없는 것이니 모으기 어렵지 않았다.

그러나 완벽에 이르는 길은 언제나 어렵다. 동해에서 동태 씨, 서해에서 조기 씨 마르듯 '슥'의 씨가 말랐다고 저녁 뉴스가 소란해졌다. 다이아몬드가 비싼 건 용도가 아니고 희귀성 때문이다. '슥'자를 챙겨두고 내놓지 않는 자들이 생겼다. 예전에는 널렸던 것을 양도하는데 이제 돈을 요구했다. 시작한 일인데 그렇다고 그만둘 수도 없었다. 주워 모으던 '슥'을 사 모으기 시작했다. 이유를 묻지 마라. 애착과 집착이 논리로 설명되더냐.

보관도 문제였다. 나는 이 애장품들을 하나하나 정성껏 쌓았다. '슥' 위에 약간 각도를 돌려 다음 '슥'을 쌓는다. 그리고 그 위에 같은 각도로 돌려 또 '슥'을 쌓는다. 쌓인 '슥'들은 나선 모양을 만들며 위로 올라간다. 그것은 생물책에 나오는 DNA의 모양이었다. 비싼 건물 로비에서 가끔 보는 멋진 나선계단 모양이기도 했다. '슥'을 한 단씩 밟고 위로 올라갈 수도 있다. 끝없이 하늘로 이어지는 계단.

세상은 예상을 한 치도 벗어나지 않았다. 하루는 희귀품이라 들고 온 '슥' 모양새가 말대로 과연 희귀했다. 적당한 값에 사서 들여다보니 이건 '숙'을 잘라낸 것이었다. 그래도 이제 '슥'이 되었으니 그냥 쌓아놓았다. 그랬더니 '줌'을 깎고, '즉'을 갈고, '솜'을 오린 무리들이 줄을 이었다.

글자가 사라지니 문제가 속속 드러났다. 길거리에 오○을 눈 부랑인을 ○결에 넘겼는데 ○방망이 처벌을 했다고 뉴스가 뒤○박○이 되었다. "내 가슴 속 숨긴 사연을 속닥속닥" 보냈는데 "내가 긴 사연을 닥닥" 배달되어 청춘남녀들이 오해하고 이별했다. 중국 정부는 사드 배치가 아니고 특정 한자의 밀수입을 막아달라고 했지만 지금슥은 정부가 뜻을 모아도슴 영슈이 서지 않았다.

혼돈이었다. 세상이 바벨탑이 된 것이다. 어차피 막말 막하는 자, 할 말 더듬는 자, 말귀 못 알아듣는 자들이 우글거리고, 말하는 자보다 짖는 자들이 대접받던 세상이었다. 세상이 조금 더 복잡해졌을 따름이니 내가 새삼스레 괘념할 일은 아니었다.

세상의 혼돈 속에서도 나의 탑은 오로지 조화롭고 평온했다. 나는 탑에 올라 구름 아래 소요스런 사바를 내려다보며 평상심을 다스렸다. 누가 알아주든 말든, 세상이 끓든 가라앉든 내 마음은 물처럼 잔잔했다. 다 이루었다.

가을이 왔다. 바람이 막 소슬해진 참이었다. 일기예보가 초대형 태풍을 경고했고 어두운 예감이 머리를 슥 스쳤다. 나는 '슥'을 차곡차곡 쌓기만 했던 것이다. 바람과 지진에 대한 대비는 하나도 없었다. 올 것이 왔다. 기상청 건립 이후 최대 규모라는 태풍이 왔다, 아니 몰아쳤다.

쌓아두었던 '슥'이 하늘 가득 날렸다. '슥'으로 날리지 않았다. ㅅ, ㅡ, ㄱ이 제각기 허공에 비산飛散했다. 한국전 때 날리던 삐라처럼 풀풀 하늘을 메웠다. 갑자기 마당에, 옥상에, 베란다에 지천으로 떨어진 것들을 집어든 사람들이 아무 데나 껴넣었다. 써서 없애는 것밖에 치울 길도 없었다. 주머니에, 지갑에 넣고 다니다 기분 좋고 내킬 때면 하나씩 입에서 뱉었다.

ㅅ이 늘어나니 사람들이 소주 말고 쏘주를 마셨고 취해 뱉는 욕들이 ㅆ으로 가득 찬 쑥대밭이 되었다. 남는 ㅡ를 ㅅ에 덮어 ㅈ을 만들었다. 아무리 자장면이라 계도해도 백성들은 남는 ㅈ을 더해 기어이 짜장면을 비볐다. 봄철이면 멀쩡한 주꾸미가 쭈꾸미로 변태했다. ㅡ를 ㅣ로 돌려쓰니 냄비가 늘어붙고 애기들이 앵앵거렸다. ㄱ도 지천이었다. 대학생들은 꽈사무실에 들러 꽈비를 내고 꽈티와 꽈잠을 주문했다. 다 공짜로 얻은 글자들 덕에 생긴 일이다. 아니지, 꽁짜로 얻은 글자들.

고물일기

기술, 자본, 인맥, 아무것도 없는 것이 아버지의 이력서였다. 한국전 때 월남한 사람들이 거의 비슷했을 것이다. 그러니 아버지는 사업이라고 하지만, 그냥 장사에 불과한 것들의 시작과 실패를 이어나갔다. 그러나 시도가 이어지면 자질과 능력에 맞는 대상을 찾는 순간이 오기도 하기에 세상은 나름 공평하고 살 만한 모양이었다. 아버지에게는 그게 고물상이었다. 여기에 무슨 자질이 필요하냐고 묻는다면 그건 이 직업 세계에 대한 오해다. 수집과 정리 결벽증, 바로 그걸 아버지가 타고난 것이다.

본디 고물상이 일익번창할 사업 종목은 아니었으므로 그냥 하루하루 현상이 유지되는 데 만족해야 할 일이었다. 그러나 사업의 수혜자는 엉뚱한 곳에 따로 있었으니 그 주인의 아들에게 이곳은 새로운 세계에 대한 개안의 현장이었다. 고물상의 한 켠은 헌책을 모아놓는 공간이었다. 알지도,

기대도 못 하던 새로운 책들이 매일매일 새로 꽂혀 있는 모습은 경이 그 자체였다.

아들은 파지가 고물을 거쳐 헌책으로 부활하는 신비의 현장을 목도하며 자랐다. 그런데 1, 2, 3권으로 출간된 책이 고물상에 그 순서로 입장할 리가 없었다. 그의 독서는 전후 맥락을 상상으로 채워야 하는 작업이었다. 이렇게 맥락부재, 인과실종, 배경삭제의 독서 환경은 논리배격, 출처무시, 임의첨삭 능력을 장착하고 자유상상, 황당공상, 임의망상으로 무장한 아동의 놀이터였다.

그래서 그는 엄마 등쌀에 어린이 명작 동화를 뒤적이는 척하던 친구들과는 다른 차원의 독서 세계를 구축하기 시작했다. 덕분에 그의 어휘력은 같은 반의 누구도 따라올 수 없게 조숙하고 화려했다. 그리하여 시너고그synagogue에서 랍비들을 감동시킨 어린이처럼 그는 광풍질주, 운우농락, 비류직하의 권법을 자유로이 구사하는 어휘신공으로 담임 선생님을 경악시켰다. 이 아이가 바로 목수, 아니 고물상 아들이 아니냐.

하여 그 아이가 자라 나중에 분연히 떨치고 일어나 세상을 구하겠다고 나설지, 혹은 대학병원 문진실에서 따분히 앉아 어쭙잖은 입시상담을 진행하게 될지, 또 혹은 아버지의 뒤를 이어 의외로 일익번창하는 고물상을 벤처기업으로 포장, 운영하고 있을지는 아직은 알 수 없는 일이었다.

당시 미래를 알 수 없는 그였지만 자라서 현재의 나인 그 아들의 집중탐구 전문분야로 내건 것이 무협지였다. 그러나 실상 그보다 더 중요하고 몰래 숨어 있는 것은 빨간 책이었다. 내용이 워낙 음흉한 그 소설들은 표지에 제목도 저자명도 없었다. 오히려 자주색에 가까운 갱지에 싸여 그 야릇한 이름을 얻었을 이 얄팍한 책들은 별도의 성교육이 필요 없는 소년을 고물상 구석에서 양성하고 있었다.

그러던 중 좀 이상한 책이 하나 눈에 띄었다. 표지에 아무 글씨도 없는 걸로 봐서는 빨간 책이어야 마땅한데 제본이 깔끔했다. 당황스럽게 내부에 아무 내용이 없는 책이었다. 이런 건 공책이어야 하는데 그러기에는 또 너무 두툼했다. 그리고 내가 쓰던 공책과 달리 줄이 쳐지지 않았다. 그러나 제본된 상태가 맘에 들기에 나는 이 수상한 책을 일단 구제해서 책상에 올려두었다. 나중에 낙서장이라도 하면 되겠다는 생각이었다.

그날 밤 혹시 누가 끼워놓은 지폐는 없나 하고 휘리릭

책장을 넘기던 참이었다. 꼭 한 페이지에 뭔가 적혀 있었다. 연필로 쓴 내용은 일기였다. 엉성한 어느 날 일상의 기록이었다. 읽어보니 조금 불쌍한 내용이기는 했다.

그러나 그런 측은함과 무관하게 나는 이런 자들을 이미 혐오하고 있었다. 맨 앞부터 시작하지 않고 중간을 덥석 베어 무는 자들. 하루 만에 벌써 중단하는 자들. 그런데 이 자는 그걸 함께 갖춘 자였다. 내가 이걸 공책으로 쓰려면 일기를 지워야 했다. 그러나 지우고 재생하는 건 고물상의 정신이 아니다. 이런 건 마땅히 파지로 던져야 한다. 시간이 늦어 일단 다시 책상 위에 올려놓았다.

이 혐오스러운 자를 본격적이고 신랄히 성토하려고 다음 날 밤 책을 다시 펴본 나는 깜짝 놀랐다. 다른 곳에 다른 사람의 일기가 쓰여 있었다. 다음 날에는 앞의 일기가 사라지고 다른 일기가 또 다른 곳에 자리 잡고 있었다. 매일 밤 다른 사람이 다른 페이지에 등장했다. 나는 한마디 거들고 싶어졌다. 그래서 정중하게 그날 읽었던 일기의 감상문을 내 일기에 버무려 옆 페이지에 적어 넣었다.

다음 날 보니 내 글을 본 누군가가 적어놓은 글이 있었다. 이번에는 몇 사람이 동시에 등장했다. 나도 등장한 글의

감상과 함께 그날의 내 일기를 간단히 써넣었다. 점점 일기에 참여하고 등장하는 사람들이 많아졌다. 동의하는 글이 생기면 일기는 이어졌다. 댓글이 사라지면 일기도 사라졌다. 일기장, 혹은 일기책은 매일 새롭고 빼곡하게 채워져 갔다. 나와 함께 일기장도 나이를 먹어갔다.

나이를 먹는 것은 다른 사람의 생각을 이해해가는 과정이었다. 두툼한 일기장에 빈 페이지가 보이지 않는 날도 생겼다. 나는 다른 사람들의 일기를 점점 열심히 읽게 되었다. 그리고 빈 페이지가 있으면 그들의 일기에 겹쳐 내 일기를 채워 넣었다.

지금도 내게 그 일기장이 있는지 궁금할 것이다. 그 일기장은 책꽂이가 아니고 가슴속에 꽂아두는 것이다. 책상 서랍이 아니고 마음속에 넣어두는 것이다. 나이를 먹을수록 일기장은 더 많은 마음 아픈 사연들로 채워졌다. 일기장은 흰 부분이 보이지 않을 정도로 채워졌다. 시간이 지나면서 쓸 곳이 부족해지자 일기장이 커지기 시작했다. 밤마다 조금씩 커진 일기장이 책상을 덮었고 방 밖으로 삐져나갔다. 매일 더 커진 일기장은 하늘을 덮었다. 고개를 들어 밤하늘을 본다. 오늘의 일기장이다. 이처럼 어두운 것을 보니 세상의 구석에 웅크린 이들이 여전히 애절한 일기를 저기 써넣고 있는 모양이다.

창밖을 본다. 저렇게 자동차를 타고 달리는 사람들에게는 또 무슨 절박한 사연이 있을까. 어깨를 움츠리고 저리 걷는 사람들에게는 어떤 애달픈 이야기가 있을까. 내 일기장에 일기를 쓰는 사람들은 저기 누구일까. 나는 누구의 일기장에 글을 남기고 있을까.

질주본능

내게 말 붙이지 마라. 칼날 위를 질주하는 중이다. 앞은 어두워 주행선도 가늠하기 어렵다. 크고 작은 파편들이 비수처럼 날아온다. 찰나의 방심에 나는 충돌하고 추락할 것이다. 세상의 아우성이 악귀처럼 귀를 헤집는다. 마찰음, 파열음, 충격음 그리고 비명. 그래도 나는 오른쪽 트랙으로 파고들어야 한다. 면도날만 한 틈만 보이면.

내가 그렇게 살았어. 왜 달리기 시작했는지는 모르겠어. 아장아장 걷던 때도 있었겠지. 주변이 꿈틀거리기 시작한 기억은 있어. 여기저기서 걸음이 빨라졌어. 별수 없지. 나도 천천히 달리기 시작했어. 좀 힘들어도 따라가야지. 느낌은 생생해. 오른쪽 트랙으로 싸악 옮겨 갈 때의 그 맛. 허공으로 탄력 있게 붕 뜨는 것 같은 신기한 체험이었어.

이후는 트랙 이동의 과정이었어. 비디오게임으로 치면 레벨업이겠지. 물론 속도를 더 높여야 해. 힘들어도 중독성이 있어. 그러면 게임 속 무기, 갑옷 같은 신기한 아이템들을 만나게 돼. 트랙을 옮기니 바퀴가 있더라고. 자전거였어. 페달을 밟는 대로 죽죽 나가. 환상적이야. 팽팽하게 맞는 바람이 상쾌하더라고.

그런데 트랙이 좁아서 위험해. 다른 자전거와 부딪힐 때도 있지. 그냥 밀치고 가야 해. 아니면 내가 나동그라진다고. 새 아이템이 필요하지. 트랙을 바꿔야 해. 미식축구 선수들 무지막지한 보호대 차는 거 알지. 무겁고 불편하지만 장착해야 해. 넘어진 뒤에 남 탓 해봐야 루저들의 변명일 뿐이야.

그런데 자꾸 오른쪽을 보게 돼. 신기한 아이템으로 무장한 친구들이 육중한 소리를 내며 지나가. 죽을힘을 다해서 옆 트랙으로 올라갔지. 오토바이를 탄 거야. 또 다른 세계였어. 보호 장구가 무거워도 힘이 안 들어. 문제는 속도지. 그래서 더 위험해. 트랙은 점점 어두워져서 주행선도 잘 안 보여. 넘어지면 치명적이야.

승용차 트랙으로 올라갔어. 중요한 건 딱 두 가지야. 속도유지와 전방주시. 자동차 전용 트랙이라서 무조건 일정 속도 이상으로 주행해야 해. 주변에서 수시로 트랙을 바꿔 들락거리니까 잠시도 방심하면 안 돼. 사고 나면 목숨이 오

가는 거야. 차 안에 누가 타고 있는지는 궁금하지도 중요하지도 않아. 그냥 모르는 차들이 위협적으로 달릴 뿐이야.

계속 가속기 밟고 있으려니 몸이 심상치 않아. 가다보면 고속 주행자를 위한 드라이브 스루 병원이 있어. 무슨 햄버거 가게 같지. 정지가 불가능하니까 검진도 그렇게 받아야 해. 의사들 하는 소리가 뻔하고 똑같아. 운동 부족에 과로와 스트레스네요. 푹 쉬셔야 합니다.

하나 마나 한 소리야. 곳곳에서 충돌 사고가 나고 사고 잔해들이 눈앞으로 휙휙 날아다녀. 그런 세상인데 푹 쉬는 건 뭐야. 게다가 내 오른쪽 트랙에서는 굉음이 가득해. 깜깜한 공간인데 헤드라이트만 보여. 스포츠카들이 거의 빛의 속도로 달리는 거지.

그런데 좀 이상한 게 느껴졌어. 오른쪽에는 총알처럼 질주하는 자, 왼쪽에는 오토바이와 자전거로 허우적거리는 자, 그 왼쪽에는 슬슬 달리고 적당히 걷는 자들이 보여. 분명 속도가 다 다른데 나란히 가고 있는 거야. 이게 뭐지. 나는 축지법 같은 건 믿지도 않아. 유리창 내리고 멀리 왼쪽에서 걷고 있는 녀석에게 소리쳐서 물었어. 손짓 발짓 하면서 뭐라고 그러는데 안 들려. 창밖으로 몸을 빼고 무슨 상황인지

보다가 사고가 났지. 차는 산산조각 났고 나는 여기로 왔어.

동그란 트랙을 달리고 있던 거야. 속도를 내서 트랙을 옮기면 더 큰 원을 돌아야 해. 속도가 올라가는 만큼 달려야 할 거리가 늘어나니 결국 다 나란히 가는 거야. 트랙이 동그란데 출발점이 어디 있겠어. 출발점이 없으니 결승점도, 목적지도 없어. 목적지가 없으니 완주도 없고 환영도, 축하도 없지. 오직 속도만 있어. 어둠 속을 달리고만 있는 거지.

여기는 밝아. 꽃도, 노을도 보여. 팔베개하고 누우면 구름도 보여. 노을이 얼마나 화려한지, 구름이 얼마나 신기한지는 말로 설명이 안 돼. 생각해보면 내가 서 있는 곳이 세상의 복판이야. 나는 다시는 동그란 트랙을 그려놓고 질주를 하지는 않겠지. 트랙 없는 빙판의 피겨스케이트 선수를 생각하면 돼. 트랙을 지우면 목적지에 가는 게 아니고 가는 곳이 목적지야. 두 팔을 벌리고 마음먹은 대로 움직여 봐. 우아하게, 그리고 찬란하게.

하늘을 봐. 새들이 날아가는 곳에는 트랙이 없어.

회중시계

별들의 소리를 들어본 적이 있으신지. 별이 잘 보이지도 않는 곳에 산다면 그 소리를 들어보지는 못했을 것 같습니다. 별들의 소리면 내 시계 이야기를 해야 할 것입니다. 내가 어떻게 이 시계를 갖게 되었는지는 이야기하지 않으렵니다. 그러나 처음 이 시계를 갖게 되었을 때의 가슴이 터질 듯하던 기쁨은 꼭 이야기하고 싶습니다.

이건 손목을 들어 시간을 보는 그런 시계가 아닙니다. 주머니에 넣고 다니는 시계입니다. 시간을 보려면 뚜껑을 열어야 합니다. 매일 태엽도 감아야 합니다. 의식이 필요한 시계입니다. 나는 시계를 아주 좋아했고 그 의식도 덩달아 좋아하게 되었습니다. 그래서 시간을 알기 위해 시계를 꺼냈는지, 시계를 보기 위해 시간을 알고 싶은 건지 모를 정도였습니다. 때로는 시간을 보지 않고 시계를 귀에 대보기도 했습니다. 그때, 나는 저녁마다 바라보던 별들이 이런 소리를 내리라고 생각했습니다.

시계는 항상 내 주머니에 있었습니다. 어두워지는 저녁, 언제나처럼 그 길을 천천히 걸어 집으로 돌아올 때 나는 왼손에 시계를 꼬옥 쥐고 있었습니다. 그러면 시계는 내게 별들의 그 조용한 소리를 전해주었습니다. 추운 겨울날 누군가가 오랫동안 쥐고 있었음 직한 동전을 받아들었을 때, 그 동전을 건네준 이의 마음도 이처럼 따뜻하지 않을까 생각해 보신 적이 있는지. 시계는 눈 덮인 저수지의 찬 바람 사이를 지날 때도 항상 그렇게 따뜻했습니다.

마을 어귀 초등학교 운동장에 시계탑이 있습니다. 마을 사람들이 모두 그 시계에 시간을 맞췄습니다. 나는 교문 앞에 이르면 주머니에서 시계를 꺼냈습니다. 시계탑의 그 큰 시계와 꼭 맞는 시간을 확인하고 흐뭇해했습니다. 사람들이 내 시계를 보면 놀라고 부러워했을 겁니다.

여름이 다 지나던 저녁이었습니다. 교문 앞에서 시계 뚜껑을 열고 깜짝 놀랐습니다. 시계가 가지 않는다. 나는 주위를 힐끗 돌아보고는 황급히 집으로 돌아왔습니다. 어떻게 돌아왔는지 모릅니다. 저녁 내내 시계를 앞에 두고 멍하게 앉아 있었습니다. 뭐가 문제였을까. 왜 고장이 난 걸까.

그러다 거의 한밤중이 되어 깨달았습니다. 새로 배운 종이접기에 정신이 팔려 태엽 감기를 잊어버렸다는 걸. 부끄럽고 미안했습니다. 그날 밤 나는 깜깜한 밤길을 달려 시계탑까지 가서 시간을 맞추고 돌아왔습니다. 집으로 돌아오는 길에 시계는 여전히 별들의 소리를 전해주었습니다.

계절이 여러 번 더 지났습니다. 부끄럽지만 그 이후에도 몇 번 태엽 감는 걸 잊어버렸습니다. 하지만 밤중에 시계탑으로 달려가 시간을 맞추지는 않았습니다. 나는 다음 날 시계탑을 지나면서 시간을 맞췄고 시계는 역시 아무 일도 없던 것처럼 별들의 소리를 전해주었습니다.

몇 번의 계절이 지났습니다. 정말 문제가 생겼습니다. 시계가 늦게 가기 시작했습니다. 시계는 분명 소리를 내며 가고 있었습니다. 이번에는 내가 잘못한 것이 분명 없었습니다. 무얼 어떻게 해야 할지 아무리 궁리해도 생각이 나지 않았습니다.

시계는 매일 조금씩 더 늦게 갔습니다. 결국 시계를 들고 시계방으로 갔습니다. 아직 기억납니다. 시계방의 문을 열고 들어섰을 때 숨이 탁 막히던 순간. 벽과 진열장을 가득 메운 시계들은 모두 어딘가로 정신없이 치닫고 있었습니다.

그 시계들이 경쟁하듯 내는 복잡한 소리에 정신을 차릴 수 없었습니다.

부산스럽게 움직이던 시계들은 갑자기 시간을 알리기 시작했습니다. 같은 시간에 지지 않고 소리를 내야 한다는 것 외에는 아무 공통점도 없는 집단이 아우성치며 세상에 온갖 소리를 쏟아놓았습니다. 그것이 존재의 목적 전부인 집단 한복판에 서본 경험이 있으신지.

시계방 주인은 어이없어했습니다. 요즘은 이런 태엽시계를 아무도 안 쓰죠. 그리고는 태엽 감을 필요 없는 시계, 원하는 때 다양하고 우아한 음악 소리로 나를 깨워주는 시계, 물밑에서도 끄떡없이 움직이는 시계들을 설명했습니다. 특히 시간이 숫자로 표시되는 시계를 차면 그 정확성에 놀랄 거라면서 새 시계를 하나 장만하라고 알아듣게 권유했습니다. 그리고 내 시계는 고치기도 어렵고 고쳐도 곧 고장 날 거라고 덧붙였습니다. 나는 좀 더 생각해 보겠다며 시계방을 나왔습니다.

아마 이제 아무도 시계탑에서 시간을 맞추지 않을 겁니다. 숫자로 시간이 나오는 시계를 찬 사람은 시계탑의 시간이 자꾸 틀린다고 불평할지도 모르겠습니다. 그날도 나는 저녁노을을 물끄러미 바라보다 시계탑 앞에서 내 시계를 꺼냈습니다. 시계는 어제보다 조금 더 늦게 가고 있었습니다. 어쩌면 시계탑의 시간도 틀린 것인지 모르겠지만 그래도 나는 거기 시간을 맞췄습니다.

숫자로 표시되는 시계, 태엽을 감을 필요 없는 시계, 자명종이 울리는 시계, 시계탑의 시계보다 더 정확한 시계. 그러나 그 시계들이 별들의 소리를 낼 것 같지는 않았습니다. 그게 뭐가 중요하냐고 묻는다면 대답이 궁해 망설였을 겁니다. 그냥 그랬다는 것밖에는 할 말이 없습니다. 이제 시계탑에서 시간을 맞추는 것이 산책의 일과가 되었습니다. 나는 저녁이면 숲길을 지나 산등성을 넘어 시계탑 앞에 멈췄다가 집으로 돌아왔습니다.

시계가 멎었습니다. 태엽도 더 감기지 않습니다. 흔들어도 소용이 없습니다. 귀를 기울여도 아무 소리도 나지 않습니다. 그러나 시계방에 다시 가지는 않았습니다. 이제는 시계탑 앞에서 더 이상 시간을 맞출 필요도 없어졌습니다. 그래도 나는 저녁이면 주머니에 시계를 넣고 산책을 나섭니다. 전부터 항상 그래왔듯이.

지금은 시침과 분침도 떨어져 나갔습니다. 시계에는 눈

금만 남아 있습니다. 움직이지도 않고 텅 비어 있는 시계를 주머니에 넣고 어두워지는 숲길을 걷습니다. 시계는 소리는 없지만 추운 겨울 받아든 동전의 따스함은 여전히 전해줍니다.

시계탑의 시계가 몇 시든, 시계방과 동네 사람들의 시계가 몇 시든 내게는 별 의미가 없습니다. 나는 시간이 궁금하면 시계를 꺼내듭니다. 그러면 나의 시계는 언제나 내가 원하는 시간을 가리켜줍니다. 내가 가장 하고 싶은 일, 가장 중요하다고 생각하는 일을 시작하고 내 마음에 꼭 맞게 일을 끝내면 그것이 바로 그 일을 끝낼 시간이고 그때 나의 시계는 정확히 그 시간을 알려줍니다. 이제 시계는 나의 것이 되었습니다. 거기 담긴 시간이 나의 것이듯.

아시는지. 눈을 감아도 볼 수 있다는 것을. 가장 아름다운 환희의 송가는 소리를 들을 수 없는 이에 의해 만들어졌다는 것을.

내 시계가 시계탑의 시간이 아닌 나의 시간을 알려주기 시작한 뒤부터 정말 별들의 소리를 들을 수 있습니다. 어두운 침묵 속에서 들려오는 아름다운 소리를. 밤하늘 가득히 찬란한 그 소리를.

II.
정치와 외교

개굴개굴

하늘에 동그랗게 구멍이 뚫려 있었다. 그 구멍으로 물이 계속 쏟아져 들어왔다. 비가 며칠째 내리고 있는 건지 까마득했다. 봄철에는 내내 가뭄이었다. 하늘은 그동안 알뜰히 절약해두었던 물을 그 구멍으로 통 크게 쏟아붓겠다고 작심을 한 모양이었다. 이런 게 물난리였다.

우물 안 개구리들은 하늘을 쳐다보며 한숨만 쉬었다. 모아놓은 식량도 바닥난 지 오래였다. 이유를 모르니 처방을 알 길도 없었다. 임금인 금金개구리는 고난을 참고 미래를 향한 행군에 동참하라고 시뻘건 격문을 써 붙였다. 그런데 그나마 행군에는 목적지와 일정이 있을 것이지만 저 비가 언제 그칠지 짐작하는 개구리는 없었다.

금개구리는 식량 배급을 줄였다. 개구리들은 자신들이 이리 고난의 행군을 통해 홀쭉해져 가는데 금개구리는 어찌 저리 뚱뚱할 수 있는지 비결을 궁금해했다. 드디어 금개구리는 자위권 차원에서 괘씸한 하늘에다 대고 쏠 미사일을 개발하기로 했다. 그럴수록 살림은 어려워지고 민심은 흉흉해졌다.

금개구리가 간부 회의를 소집했다. 본인이 왜 간부인지 모르지만 소집된 개구리들은 회의 때 고개를 들지 않았다. 금개구리와 눈이 마주쳐서 좋을 것이 없었다. 이들은 필기구를 들고 금개구리 입에서 나오는 소리를 받아쓸 만반의 준비만 갖추고 있었다. 금개구리가 다그쳤다. 어서 묘책을 내라우. 개구리들은 받아 적었다. 어서 묘책을 내라우.

조용한 가운데 시골에서 올라와 세상 물정 모르는 개구리가 나섰다. 지우제를 지내자요. 금개구리는 지우제가 기우제의 사투리인가 의아해했다. 그리고 저 녀석이 제정신인가 신경질이 막 나려던 차에 한자 설명을 듣고서야 고개를 끄덕거렸다. 이게 그칠 지止자, 그래서 지우제止雨祭로구나.

유식함을 인정받은 개구리가 조금 더 흥분하여 제안을 발전시켜 주장하기 시작했다. 우물 밖에 산다는 신령한 무당을 불러 간절히 지우제를 지내면 전 우주가 나서서 다 같이 도와줄 겁니다. 그런데 막상 그 신령한 무당이 실제로 우물 밖에 살고 있는지, 있다면 그는 어떤 능력이 있는지 아는 개구리는 아무도 없었다. 하지만 딱히 대안도 없었고 비는 내리고 있으니 그를 찾아야 했다.

범상치 않은 풍모의 두꺼비 무당이 개구리 특사단에 의해 발견, 초빙되었다. 실상은 근처 쓰레기장에서 주운 책 한 권을 베개 삼아 연잎 우산 밑에서 빈둥거리던 노숙자였다. 사실 무당이나 노숙자나 차린 의관상 봉두난발이기는 마찬가지였다.

개구리들의 절박한 하소연에 두꺼비는 이빨 사이를 헤집던 이쑤시개를 튕겨내고는 들고 있던 베개를 펼쳤다. 개구리들은 학식 높은 무당의 위엄에 일찌감치 감동할 채비를 갖추기 시작했다. 알 수 없는 숫자와 기호가 꽉 들어찬 책의 어딘가를 짚은 두꺼비가 엄숙하게 선언했다. 내가 셋을 세면 비가 멎을 것이오.

무당의 자신감에 개구리들의 입이 쫙 벌어졌다. 영험한 무당을 초빙한 것이 틀림없었다. 두꺼비가 큰 소리로 외쳤다. 하나! 금개구리가 침을 꼴깍 삼켰다. 둘! 나머지 개구리들도 침을 꼴깍 삼켰다. 비는 여전히 오고 있었다. 셋!

외친 것은 두꺼비가 아니었다. 개구리들이 마음속으로 합창한 것이었다. 두꺼비가 외친 것은 좀 달랐다. 둘 반! 개구리들이 눈을 동그랗게 뜨고 서로 마주 보았다. 이건 뭐지? 두꺼비는 다시 외쳤다. 둘 반의 반!

상황이 엄중하므로 불경스럽게 질문을 할 수도 없었다. 두꺼비는 가늘게 뜬 눈으로 하늘을 힐끗 보고 다시 외쳤다. 둘 반의 반의 반! 비는 내렸고 두꺼비는 이어갔다. 둘 반의 반의 반의 반의 반의 반의……. 여전히 비는 계속 오고 상좌스님 염불 같은 주문도 이어졌다. 반의반의반의반도 아니고 바네바네바네반이 되었다.

두꺼비가 들고 온 책은 입시 끝낸 재수생이 버리고 간 수학 참고서였다. 두툼하여 딱 베개로 쓰기 좋았다. 두꺼비가 펼친 곳은 함수의 극한 편이었다.

x값이 무한히 커질 때 $f(x)=3-(1/2)x$의 값을 구하시오.

그 값은 2.999999로 3에 가까워 가되 3은 아니나 거의 3이고 아슬아슬하게 3인고로 3으로 볼 수도 있고… 두꺼비는 계속 주문을 외웠다. 바네바네바네바네바네….

x값이 커지면서 마주 보는 개구리들의 눈도 점점 커져갔다. 사흘이 지났다. 마침내 더 이상 쏟을 물이 없었는지 비

가 잦아들기 시작했다. 하늘을 째려보던 두꺼비가 드디어 오른손을 번쩍 들고 외쳤다. 셋! 개구리들의 환성이 터지고 비가 멎었다. 영험했다.

두꺼비의 신비한 업덕을 겨우 개구리나라의 복채 몇 푼으로는 갚을 길이 없었다. 대대로 알려 기억, 기념, 감사할 일이었다. 두꺼비의 신공이 햇빛을 꺼낸 날은 국경일로 지정됐다. 이름은 태양절이었다. 물이 가득했던 곳, 만수대滿水臺에는 셋을 외치는 순간의 두꺼비 동상을 세웠다. 무지막지한 크기였다.

이후로 눈이 동그랗게 커진 우물 안 개구리들은 비만 오면 두꺼비의 주문을 외웠다. 바네바네바네. 그런데 이건 사람들이 옮겨 쓴 말인즉 개구리 말을 소리 나는 대로 옮기면 이렇다. 개굴개굴개굴. 아들, 손자, 며느리 다 모여서 듣는 사람 없어도 날이 밝도록, 개굴개굴개굴.

별주부전

용왕님 생각만 하면 지금도 눈물이 나. 참 좋은 분이셨지. 이 굼뜬 거북이를 성실하다고 보셔서 내가 외교안보수석으로 오래 모신 거야. 고래로 치면 큰 덩치는 아닌데 잘생긴 한량이셨어. 성격상 정치가 잘 맞는 분은 아니셨어. 술을 참 좋아하셨지. 술 많이 마시면 술고래라고 하잖아. 그게 다 용왕님 이야기야.

덜컥 문제가 생겼어. 간경화 판정을 받으신 거야. 용궁 비서실이 발칵 뒤집혔지. 그때 주치의가, 좀 황당하기도 하고 말도 안 되는 상황이었기는 한데, 산부인과 전문의였어. 언변에 친화력이 엄청 좋았어. 거기에 살살 녹은 대비의 적극 천거로 산부인과 의사가 용왕 주치의가 되는 희극이 벌어졌어. 용궁에서도 초등학교 교실 같은 일이 아무렇지도 않게 벌어져.

용왕님 건강 상태는 국가 기밀이잖아. 산부인과 의사가

간경화에 대해 아는 것도, 할 말도 별로 없지. 그래서 몰래몰래 내과 전문의들이 용궁에 드나들었어. 이게 나중에 뉴스에서 비선 의료진이니 비선 실세니 하면서 떠든 내용이야. 실세든 허세든 병만 고치면 되잖아. 그런데 용왕님 간경화는 진행이 너무 많이 되었어. 결국 간이식밖에 해결책이 없다고 하더라고.

문제는 고래가 포유류라는 거야. 해중국에 있는 것들이 꽁치, 넙치, 가물치 이런 것들인데 어떻게 이식할 간을 찾겠어. 결국 육상국으로 가야지. 물론 어느 동물 간이 맞는지부터 알아야지.

의사 이야기가 토끼 간이 꼭 맞는다는 거야. 다음 단계는 착착 간단해. 육상국으로 간다, 토끼를 만나서 데려온다, 간 이식한다. 그게 말로는 쉬운데 막상 되느냐고. 며칠 동안 계속 회의를 했지. 누군가가 토끼를 모셔오든 데려오든 잡아와야 하는데 그 누가 누구일지 결정해야지.

회의는 궁궐 옆 안가安家에서 했어. 중요한 순간이 되니 맨얼굴들이 화악 드러나더라고. 제일 인상에 남는 게 아귀였어. 알잖아, 이마 넓적하고 방송에 몇 번 나온 친구. 용왕님 위해 뭐든 할 수 있다는 이미지 만들고 다니던 친구지. 그런데 막상 자기는 개입하고 싶지 않으니 알아서 이해해달라는 게 읽혀.

그날은 경호실장, 그러니까 문어도 참석했어. 이 친구가 군인 출신답게 앞뒤 안 가려. 자기가 나가서 무조건 토끼를 한 두릅 엮어 오겠다는 거야. 토끼를 북어나 굴비의 종류로 알고 있는 거지. 그 긴 발로 상 모서리를 부둥켜안고는 대머리를 쿵쿵 부딪치며 씩씩거리더라고. 말리는 데 애먹었어.

나는 결국은 그게 내 일일 거라는 감을 잡고 있었어. 내가 그 눈치와 감 잡는 능력 덕분에 그 자리까지 간 거야. 토끼 생긴 건 어떻게 알았냐고? 지금 초상화 그려서 안주머니에 넣고 다니는 시대는 아니지. 인터넷 검색하면 다 나온다고.

나도 그때 자리가 자리인 만큼 육상국에 비선 접촉점 정도는 좀 있었어. 어둠의 경로라고 부르는 거. 적당한 토끼 후보 미리 물색하고 가서 만나서 최종 결정하기로 했지. 나이도 젊은데 무슨 생각이었는지 장기기증 서약까지 다 해놓은 친구였어. 사실 간은 다른 장기와 달라서 잘라내도 다시 자란다잖아.

토끼를 만났지. 수술 후 인생은 책임지고 봐주겠다고 했어. 그런데 토끼가 겁을 많이 내더라고. 수중국에서 포유류 간이식 수술을 해본 적이 있냐는 거야. 당연히 없지. 그럼 수술 중에 자기가 죽으면 어쩌겠냐는 거야. 미치겠더군. 의사에게 연락하니 그러면 육상국에서 간을 잘라서 운송을 하라는 거야. 다만 이식 과정에서 어떤 일이 있을지 모르니 기증자도 같이 와야 한다고.

문제는 이게 장기기증이 아니고 장기밀매에 가까운 거야. 하필이면 그때는 육상국이 장기밀매 때문에 국제여론의 십자포화를 맞은 직후였어. 게다가 이건 용왕님이 연관된 건이니 금방 외교시비로도 발전할 수 있는 문제였지. 극도의 보안이 필요한 작전이었어.

국정원 도움을 받기로 했어. 나와 토끼는 일행으로 움직이고 잘라낸 간은 국정원 직원이 다른 비행기 편으로 들고 가는 걸로 했어. 그런데 사태가 잘못된 거지. 내가 쓰던 대포폰이 세 개였는데 그중 하나가 국정원 전용이었어. 그런데 공항에 착륙해서 핸드폰을 켜니까 부재중 통화가 다섯 통이 있더라고. 사태가 잘못된 게 금방 감이 왔지. 간이 출국을 못한 거야. 출국심사장에서 멍청하게 이걸 이식용 간이라고 해버린 거지. 저녁에 끓여 먹을 곱창전골 밑반찬이라고 했으면 됐을 텐데.

다음은 알고 있는 그대로야. 용왕님 돌아가시고 삼년상이 끝나니까 아귀가 판을 뒤집더라고. 용왕님 사인 규명과 관련 책임자 처벌. 새 정권에서 자기가 살아보겠다고 패를 쓰는 거지. 그래서 결국 나도 국정감사 끌려가고 검찰청 포토라인에 서고 하는 수모 끝에 여기까지 왔어.

사실 가장 큰 피해자는 토끼겠지. 사건 직후에 육상국 가서 몰래 딱 한 번 만났어. 간을 잘라내서 조금만 걸어도 엄청나게 피곤해하더라고. 겨우 서너 발 걷고 한참 앉아 쉬어야 했어. 그런데 아귀가 풀어놓은 끄나풀이 뒤에 붙어 있던 거야. 이 친구가 찍은 사진을 개인 블로그에 잠깐 올렸던 거지. 곧 지우기는 했는데 이미 일파만파로 다 퍼 날라진 뒤였어. 그게 와전되어 돌아다니는 게 토끼와 거북이의 경주 이야기야.

평생 가슴에 묻고 가겠다고 했었는데 이제 알 사람들은 알아야지. 무상한 세상이지?

파리대왕

사분오열, 중구난방, 오합지졸. 어전회의 때면 파리대왕은 이런 단어들이 생각났다. 꾸물꾸물, 득실득실, 우글우글. 조정 마당을 시커멓게 덮은 게 파리 떼였다. 파리대왕은 자신이 대왕이되 파리대왕인 것이 영 불편하고 뒤숭숭했다. 선왕에 대한 원망도 살짝 생겼다. 아버지는 좀 멋있는 나라 임금이 되었다가 물려주시지 않고.

사건의 발단은 올 초에 참석한 G20이었다. 파리국은 부끄럽지만 온갖 경쟁력 지표에서 앞서거니 뒤서거니 꼴찌를 다퉜다. 파리대왕은 이 기회에 국가 체면을 자신이 세워야 할 책임감을 막중히 느꼈다. 파리대왕의 국제사회 외교 무대 데뷔였다. 철저한 준비가 필요했다.

파리대왕은 신하들이 써준 문장을 달달 외우며 회의장으로 갔다. 그런데 하필이면 옆자리에 여왕벌이 앉았다. 꿀벌국은 경쟁력 최고 국가였다. 일등 국가는 여왕의 기품부터 범상치 않았다. 배석한 신하들은 분명 공익과 질서를 앞세우며 능률과 실질을 숭상하는 조직체였다. 국민들이 타고난 저마다의 소질을 계발하여 새 역사를 창조한 국가가 틀림없었다. 보는 순간 느껴졌다.

파리대왕은 만반의 준비를 갖췄지만 살짝 긴장이 되기도 했다. 그런데 여왕벌의 질문에 외운 대로 대답했다가 분위기가 뭔가 서먹해지는 걸 느꼈다. 대왕님은 고향이 어디세요? 여왕벌이 물었고 파리대왕은 대답했다. 파인, 땡큐, 앤드 유?

반대쪽에는 매미국왕이 앉았다. 생김새로만 보면 매미와 파리가 다를 바 없었다. 문제는 파리를 복사기에 넣고 수십 배 확대해야 매미가 나온다는 것이었다. 매미국왕은 기골이 장대하고 목청이 우렁찼다. 발언 때마다 회의장이 흔들렸다. 파리대왕은 중계방송 카메라가 돌 때마다 책상 밑으로 들어가고 싶었다. 파리 대개조가 필요했다. 파리대왕은 자존심을 버리고 여왕벌에게 간청했다. 신사유람단을 받아주소서.

파리국의 신사유람단 파견 소식이 꼴찌 경쟁국에도 알려졌다. 모기들은 입만 삐죽하고 몸은 푸석푸석했다. 게다가 날이 서늘해지면 그 입마저 삐뚤어져서 맥을 못 췄다. 그러니 자주국방이 가능하기는 한 건지 의심스러웠다.

모기대왕의 옆자리는 여왕개미였다. 개미들은 여왕부터 배석 신하까지 피부에 탱탱한 윤기가 흘렀다. 이건 분명 치열하고 성실근면한 자기관리의 증거였다. 자기관리가 철저한 관리들의 국정관리가 관리부실일 리가 없었다. 경호개미들은 자기 몸의 몇 배나 되는 무게도 번쩍번쩍 들어올렸다. 모기대왕도 여왕개미에게 간청했다. 신사유람단을 받아주소서.

먼저 신사유람단을 선발해야 했다. 그런데 적합한 파리가 있는지, 있다면 어떻게 선발할지 알 길이 없었다. 대신, 하던 대로 로비가 빗발쳤다. 그리고 하던 대로 집권 파리들의 아들들을 적당히 뽑았다. 역시 하던 대로 안배와 보은이 원칙이었다. 집권한 똥파리들은 부동산 투기로 돈을 모으고 학력을 위조한 후 돈으로 표를 사서 권력을 잡고 이를 세습하려고 얼굴이 빨갛던 참이었다. 모기국도 상황이 크게 다르지 않아 남의 피를 더 많이 빨아온 집권 모기의 아들들로 신사유람단을 꾸렸다.

파리들은 허리에 노란 띠를 몇 줄 두르고 꿀벌국으로 떠났다. 파리국도 분명 법치국가를 표방했다. 그러나 그건 내 건 간판에만 쓰인 글자고 파리들의 일상에서는 규칙의 준수와 처벌이라는 개념이 생소했다. 파리들은 꿀벌국에서도 여전히 무단침입, 노상방뇨, 무전취식을 실천했다.

꿀벌 경찰은 원칙준수와 준법관철의 의지로 중무장한 존재들이었다. 그들은 범법 파리들을 발견하는 대로 침을 쏘아 처벌했다. 파리들에게 꿀벌국은 회유, 뇌물, 읍소가 통하지 않는 이상한 국가였다. 파리들은 머리를 조아리며 두 손으로 잘못을 싹싹 빌었다. 물론 뭔가 잘못했는데 뭘 잘못했는지는 여전히 잘 몰랐다.

허리를 질끈 동여매고 개미국 공항에 도착한 모기들도 적응을 못한 것은 다를 바가 없었다. 남의 피를 빨아야 하는데 빨려줄 피를 가진 남이 보이지 않았다. 허공을 두서없이 날아다니던 모기들은 미로 같은 개미집에 갇혀 꼼짝을 못했다. 그때마다 구해달라고 울어야 했다, 앵앵.

귀국 날이 잡혔다. 파리대왕은 전국에 방을 붙였다. 신사유람단에게서 배우라. 신사유람 파리들은 머리를 조아리고 두 손을 싹싹 빌며 공항 입국장에 들어섰다. 백성들이 중계방송을 보니 그게 분명 선진 문명의 모습인 것 같기도 했다.

전국의 파리들이 따라서 싹싹 빌기 시작했다. 모기국도 다를 바가 없었다. 귀국한 모기들은 어두운 곳에만 가면 앵앵 울었다. 모기국 백성들도 모두 힘닿는 대로 앵앵 울었다.

파리대왕은 자신의 이런 노력에도 불구하고 왜 파리국이 여전히 꼴찌 국가인지 의아해하면서 세상을 떠났다. 아들 파리가 왕위를 계승했다. 갈팡질팡, 우왕좌왕, 좌충우돌. 파리국 대신들이 임금을 볼 때 느껴지는 건 부전자전 달라지지 않았다. 파리들은 모두 무슨 일인가로 분주한데 막상 완성되는 일은 없었다.

한편 꿀벌국, 개미국에서는 새 임기의 여왕벌과 여왕개미를 선출했다. 여왕들은 다음 G20 참석 준비를 각료들에게 지시했다. 바람이 새콤해지고 낙엽도 지기 시작했다. 모두에게 서늘한 가을인데 바쁜 이유는 이처럼 신기하게 다 달랐다.

스팸메일

행복한 순간이었다. 머릿속이 개운해지며 세상에서 가장 입 큰 동물임을 자임하는 순간. 입을 쩌억 벌리고 하품하는 순간. 그래서 악어는 가능한 한 천천히 입을 벌렸다가 또 그렇게 닫았다.

풍족한 하품이 밀려오는 오후였다. 그런데 이번에는 하품을 마친 악어의 입이 다물어지지 않았다. 처음 보는 광경 때문에. 하마였다. 하품을 하고 있었다. 그냥 입만 쩍 벌리는 자신과 차원이 다른 신묘한 하품이었다. 우아, 절도, 박력, 유연. 무협지로 치면 지옥저주혈에서 초절신검왕의 내공을 얻어 십년 연마통달한 혈사권법에 해당할 하품이었다. 빙상장의 김연아와 역도장의 장미란을 더하고 비벼 다시 나눠놓아야 구사할 수 있는 초절기교 하품이었다.

악어는 당황스러웠다. 경쟁이 되지 않았다. 좌절과 절망의 순간이었다. 저것들이 도대체 언제 우리 저수지에 이사를 온 거야. 그렇다고 밀려오는 하품을 참을 길도 없었다. 남기고 지킬 건 자존심이었다. 하품을 위장해야 했다. 묘수가 생각났다. 만만한 것들을 징발 동원하기로 했다. 나는 하품을 하는 게 아니고 입을 벌리고 있을 따름이다. 가련한 중생들의 생존을 위한 자비로운 보시 행위다. 그것은 하품이되 하품이 아니고 그리하여 새로운 하품이 되는 것이다. 정반합.

끌려온 악어새들은 미칠 노릇이었다. 평생 양치질을 모르는 입 냄새가 지독하고 가득했다. 이빨 사이의 고기는 얼마 되지도 않았다. 이것은 강자의 횡포이고 폭력이었다. 동물계 질서에 대한 도전이고 위협이었다. 조류에 대한 파충류의 모독이며 능멸이었다. 그러나 악어새에게는 저항할 힘도 위협할 무기도 없었다. 악어새들은 조류의 총궐기를 촉구하려 하였으나 막상 촉구할 곳도 알릴 대상도 없었다. 그래서 할 수 없이 우선 결연한 입장만 표명하고 대조국大鳥國에 사실을 전달하기로 했다. 악어새들이 모여 혈서 서명한 문서가 꾸려졌다.

신대륙 상공을 유영하던 콘도르는 재활용도 곤란한 종이 한 상자를 배달받고 당황스러웠다. 종이에 쓰인 걸 읽어보니 자신의 덩치가 큰 건 맞는데 딱 거기까지였다. 오히려 덩치 때문에 사냥도 제대로 못 해 멸종 위기인 건 쉬쉬해도 다 알려진 사실이었다. 게다가 머리까지 좋지 않아 한번 날아오르면 자기 집이 어디였는지 가물가물했다. 대륙간 탄도 미사일도 아닌 자신이 대륙 너머로 날아갈 수도 없었다. 이런 건 장거리 비행 선수인 철새에게 부탁할 일이었다.

비행 중이던 두루미가 핸드폰을 받았다. 평소에도 횡설수설하던 콘도르는 오늘따라 정도가 심했다. 악어새가 너무 그거해서 그러니까 네가 혹시 저거하면 어떻든 되겠는데 클났네. 악어새에게 문제가 생겼다는 것 같은데 육하원칙으로 설명할 정보는 하나도 없었다. 두루미는 이런 문제에 개입할 생각은 없으나 생색은 내고 싶었다. 며칠 전 여우의 식사 초대가 생각났다. 얇은 접시에 음식을 깔아놓아 한 입도 못 먹게 한 것이 의도인지 실수인지 아직도 모를 일이었다. 두루미는 외교적 언사의 편지를 작성했다. 귀하의 강녕을 기원하나이다.

정중한 문서를 받은 여우의 머릿속이 복잡해졌다. 요청인지 요구인지도 모를 문장이 보답인지 보복인지 헛갈리게 나열되어 있었다. 동물계의 평화를 위해 악어와 악어새가

합심하기를 콘도르도 두루미도 기원하는데 왜 자기가 이 문서를 받아야 하는지. 그렇다고 이걸 무시하면 뭔가 귀찮은 일이 벌어질 것 같았다. 여우는 저수지 근처로 문제를 떠넘기기로 했다.

원숭이는 해먹에 누워 인터넷을 검색하던 참이었다. 원숭이는 중요한 문서를 항상 개인 이메일 계정으로 보내는 여우가 마뜩잖았다. 그래도 무지 심심하던 차라 서둘러 저수지로 가봤다. 이상한 사건이 푸닥거리고 있어야 할 저수지는 막상 평화로웠다. 그간 새로운 질서가 마련된 것이다. 입 냄새만 잠깐 참는다면 악어새에게는 이게 안전한 생존법이었다. 악어는 차별화된 하품법을 개발했다. 콘도르는 자신이 왜 날고 있는지 궁금해하면서 여전히 공중을 선회했다. 두루미와 여우는 서로 얼굴을 보지 않는 상황이 편안했다. 더 심심해진 원숭이는 이제 이메일을 사람들에게 보내기 시작했다.

나는 우간다 백만장자의 미망인인데 불치암에 걸려 유산 상속인을 구합니다. 당신은 아부다비의 칠억 달러 복권에 당첨되었는데 당첨금 수령을 위한 계좌번호 등록이 필요합니다. 짐바브웨 혁명정부 비밀금고에 몰수 직전 미화 백억 달러가 있는데 빼돌릴 동업자가 필요합니다.

당신이 오늘 아침에 받은 이런 스팸메일들은 다 저수지 원숭이의 심심풀이일 뿐이다. 답신을 하는 건 당신의 자유.

오합지졸

전운이 감돌았다. 대개의 사건처럼 발단은 사소했다. 이 경우에는 특별히 더 그러했다. 오징어나라 고등학생 하나가 모의고사를 망친 것이 근본적 이유라면 이유일 것이다. 그는 주입식 암기 교육의 폐해와 사지선다형 객관식 시험의 시대착오적 폭력성을 멋있게 이야기하려던 참이었다. 그런데 생각보다 문장조합이 어려운지라 졸라졸라 투덜거리며 말 대신 침을 이빨 사이로 찍 내뱉었다. 여기까지는 동네 버스 정류장에서 흔히 발견되는 풍경이었다.

그런데 하필 먹물 침이 옆에 있던 꽃게나라 여학생 등에 튀었다. 학교에서 유명한 얼짱이었다. 얼굴 얼짱이라고 마음 얼짱은 아닌지라 여학생은 집게발을 건들건들하면서 역시 졸라 기분이 나쁜 티를 냈다. 알고 보니 얼짱에 일진 여학생이었다. 오징어는 내심 자신이 잘못한 건 있다 쳐도 그 정도 갖고 사과할 생각은 없었다. 누가 하필이면 거기 서 있으라고 했냐. 결국 입씨름이 벌어졌다.

이 사건 현장에서 고등어 고등학생도 버스를 기다리고 있었다. 그는 마침 어제 새로 산 스마트폰으로 이 광경을 동영상 촬영해 인터넷에 올렸다. 순식간에 댓글들이 수천 개를 넘어섰다. 꽃게나라에서는 침을 뱉고 사과도 않는 학생의 인성과 이를 방치하는 오징어나라 교육 체계를 지탄했다. 오징어나라에서는 공부는 않고 겉멋만 들어 꽃단장에 바쁜 꽃게나라 교육 실상을 비난했다.

결국 교육의 자존심 문제가 불거진 것이고 따라서 교육부 장관들이 좌시할 수 없었다. 오징어나라는 슬기로운 조상이 남긴 묵향 가득한 교육을, 꽃게나라는 유구한 역사에 빛나는 뼈대 있는 교육을 각각 근엄하게 강조했다. 그러나 어차피 외워서 시험 치는 교육이라는 점에서는 두 나라가 서로 다를 것도 없었다.

두고 보던 꽃게나라 대통령이 여지없이 트위터를 날렸다. 국민소통을 자랑하던 입장이기에 이런 상태를 그냥 넘어갈 수 없었다. 두서없이 물속을 쏘다니며 먹물을 쏘는 나라 때문에 바닷물이 혼탁해지고 태양광이 차단되어 해저 생태계가 교란된다.

오징어나라 수상도 가만있을 수 없었다. 선거철이 다가왔는데 내각과 당의 지지율이 역대 최저치를 기록하고 있어서 여기서 밀리면 선거를 해볼 필요도 없었다. 그도 트위터를 날렸다. 해저면에서 마구 배설물을 쏟아내며 기어 다니는 백성들이 바로 생태계 교란의 주범이다.

꼴뚜기, 가재들이 나서서 말리기 시작했다. 그런데 누가 말린다 치면 싸움이 커지는 법인지라 문장들이 과연 더 험악해졌다. 오가는 문장들이 이러했다. 수시로 미사일을 실험하는 오징어나라가 해저평화 위협과 긴장고조의 주범이다. 미사일 발사는 자위권 행사일 뿐이고 주변국 아무에게나 집게발을 들이대는 꽃게나라야말로 악의 축이다.

결국 임계점을 넘는 사건이 발생했다. 오징어나라 정보요원들이 간장게장 가게 음식물 쓰레기통을 뒤졌다. 여기까지는 그럴 수도 있는 일이었다. 그런데 밥 비벼 먹고 남은 게딱지 사진을 인터넷에 올린 것이다. 꽃게나라의 치욕적인 뇌관을 건드린 것이다.

꽃게나라도 복수를 하지 않으면 국민감정을 다스릴 길이 없게 되었다. 교육, 정보, 외교의 총체적 무능을 지탄하는 시위가 이어졌다. 꽃게 요원들은 오징어 덕장에 잠입해서 줄줄이 걸린 오징어 건조 현장 사진을 올렸다. 서로 뇌관을 건드렸으니 사태가 전쟁의 막다른 골목에 이르렀다.

오징어나라는 에꼴 드 옥토퍼스에서, 꽃게나라는 랍스터 포인트에서 유학한 장군을 각각 군 최고사령관으로 임명했다. 세계 최고 사관학교의 빛나는 유학 졸업장 덕에 승진 가도를 달린 장군들이었다. 그러나 창의력 과목들에서 줄줄이 낙제하는 바람에 턱걸이로 졸업한 과거는 비밀로 묻어두고 있었다. 문제의 답은 맞추지만 문제가 뭔지는 찾지 못하는 게 문제였다.

전선이 형성되었다. 일촉즉발. 모두 어두운 물속에서 팽팽하게 대기했다. 갑자기 오징어나라에서 신호탄이 올랐다. 오징어 병사들은 이게 바로 선제타격인가보다 하면서 즉시 순항미사일로 튕겨져 나와 신호탄을 향해 날아갔다. 그런데 오징어 사령관은 뭐가 문제인지 어리둥절했다. 자신은 공격 명령을 내린 적이 없기 때문이다. 빛의 진원은 신호탄이 아니라 오징어잡이 배에서 켠 조업등이었다. 오징어들은 오징어잡이 배에서 늘어놓은 주낙에 줄줄이 엮여 올라갔다.

매복 진지에서 게눈을 빼고 상황을 주시하던 꽃게 사령관은 개탄했다. 오징어들 합해놔야 지 앞길도 모르는 졸개들이군. '오합지졸'이 사전에 등장하는 순간이었다. 잠시 주변을 둘러본 꽃게 사령관이 드디어 단호하게 앞발을 쳐들었다. 돌격 앞으로!

그런데 아무도 앞으로 돌격하지 않았다. 꽃게들은 죄 옆으로만 우왕좌왕 움직였다. 꽃게 사령관도 뭐가 문제인지 몰라 어리둥절했다. 사령관이 돌격하라고 다그칠수록 게들은 더 옆으로 게걸음을 쳤다. 마침 그곳은 금어기禁漁期가 풀려 어부들이 꽃게잡이 통발을 늘어놓은 곳이었다. 꽃게들은 줄줄이 통발 안으로 밀려들어갔다.

그렇게 바다에서 헤어진 꽃게와 오징어들이 다시 만난 곳이 수산시장이었다. 모두 네모난 수조에 담겨 도대체 여기가 세상의 어디인가 의아해했다. 시장 상인은 주입식 교육이 문제라는 조간신문 기사를 스마트폰으로 읽던 중이었다. 그가 스마트폰을 놓고 벌떡 일어섰다. 어서 옵쇼! 오늘 들어온 싱싱한 꽃게, 오징어 싸게 드립니다!

III.
동화와 우화

노란버스

나른한 무기력. 이게 내 인생을 설명하는 키워드였지. 좋아하는 일로 직업을 삼아야 한다는데, 내게 그런 게 있을 턱이 있나. 이에 비해 마누라는 근면, 성실, 발랄하여 거의 완벽한 인격체였는데 아쉽게 딱 한 가지 문제가 있었어. 남자 보는 눈이 없다는 거. 마누라는 결혼하고 나서야 내 참된 능력, 아니 무능력을 알아본 거야. 아무리 남편 얼굴 들여다봐도 미래가 안 보이니 직접 사업을 시작했지. 그게 어린이집이야. 마누라 전공이기도 하고 나도 애들하고 노는 건 좋아하니까.

매물 광고 보고 대출받아 어린이집 인수했어. 그래서 마누라는 원장, 나는 원장 남편이자 이사장. 이사장이 할 일은 노란버스 운전, 그리고 기타라는 단어로 지칭되는 온갖 수리 및 잡일. 아직 우리가 애도 안 낳았을 때인데 이후 사진 보면 항상 애들이 주렁주렁 매달려 있는 풍경 복판에 우리가 서 있어.

그런데 자연 속의 어린이집이 왜 급매로 나왔는지 금방 알겠더라고. 자연 속은 맞는데 경사가 급해서 노란버스가 건물 앞까지 못 가. 주차장에서 계단 오르고 한참 걸어야 현관이니 눈비 오면 문제가 심각해. 애들이 넘어지고 자빠지는데 엄마들이 좋아할 리가 없지. 듣기만 하던 운영난이 바로 이거더라고. 결국 오늘내일 문을 닫든지 내놓든지 해야 할 판인데 마누라는 계속 집착을 하는 거야. 흥부전이라면 매품이라도 팔아야 할 판이었어.

궁리 끝에 카페를 지어보자는 생각이 들었지. 요즘 교외에 가면 말도 안 되는 장소인데 가마솥 닮고 초가집 같은 특이한 카페라고 찾아가는 사람들 많잖아. 우리도 어린이집 부속 시설로 허가 내고 커피 팔면 현상 유지는 되겠다고 본 거지. 그래서 초가집 모양으로 적당히 설계하고 공사를 시작했어.

그런데 워낙 싸게 짓는 건물이니 공사업자도 아무 성의가 없어. 당연히 현장소장도 없고 알바생 비슷한 친구가 현장 관리를 하는 거야. 공병으로 군대 막 제대했는데 복학하기 전에 현장 체험 중이래. 이 친구가 군대 가기 전에는 나이트클럽 웨이터도 했대. 웨이터들은 부르는 이름이 따로 있잖아. 강호동, 빼꾸기, 도깨비 하는 식으로. 이 친구 이름은 제비였어. 원래 이름은 재희야, 박재희. 본명하고 제일 비슷한 이름을 지은 거지.

저녁에 작업 끝나면 제비하고 소주도 한잔씩 했어. 어린이집은 애들 빼면 여자들만 우글거리는 데야. 그러니 지금 보면 제비와는 건물 지은 게 아니고 소주 마신 기억만 남아 있어. 제비가 나보다 열 살 아래였는데 인생 경험은 열 배 화려해.

제비가 웨이터한 곳은 지붕 열리는 나이트클럽이야. 웨이터 경쟁력은 입구에서 손님이 자기 이름 부르게 하는 거지. 손님 입에서 제비! 하고 나와야 하는 거야. 그다음은 손님들 부킹을 성사시키는 능력을 보여줘야 하는데 그러려면 손님을 보는 순간 스캔을 딱 떠야 하는 거야. 뭘 요구하는 손님인지를 파악해야 하는 거지. 내가 보기에는 신기한 능력이지. 웨이터 몇 달 하면 돗자리 깔아도 좋을 정도로 사람 보는 눈이 생긴다는 게 제비 증언이야. 들어보면 인생 희로애락이 다 나이트클럽에 모여 있더라고.

어디까지 이야기했지? 아, 공사 이야기로 돌아와야지. 지붕 공사 하는 날이었어. 처마 끝에 가설 구조물 덧대는 일

이었는데 제비가 그걸 직접 하겠다고 나섰다가 떨어진 거지. 만유인력 실험하는 사과도 아닌데 지가 왜 떨어져. 막상 사람이 바로 눈앞에서 툭 떨어지는데 환장하겠더라고. 나는 제비가 죽은 줄 알았어. 내가 할 줄 아는 건 만화에서 본 것밖에 없지. 뺨 때려보고 물 갖다 끼얹고.

한참 있다 제비가 정신 차렸는데 내가 제 목숨 구한 걸로 오해하는 거야. 자기 심장이 멎었는데 내가 심폐소생술 하느라고 땀으로 온몸이 다 젖은 줄 알더라고. 정신이 없으니 오해할 수도 있었겠지. 그렇다고 뭐 내가 굳이 뺨만 때렸다고 할 건 없겠기에 그냥 넘어갔어. 그래서 졸지에 내가 제비 목숨 구해준 흥부가 된 거지. 다리 부러진 제비는 결국 두 달 목발 짚고 다녔어.

그런데 알고 보니 제비 아버지가 그룹사 회장인 거야, 강남역 사거리 근처에 사옥이 있는. 제비가 가서 아버지에게 생명의 은인 이야기를 한 거지. 마침 이 그룹의 건설회사에서 신도시 아파트를 건설하고 있었어. 회장이 압력을 넣어서 거기 어린이집 자리 분양받게 해준 거야.

물론 아무 주저 없이 원래 있던 어린이집 팔고 또 대출받아 옮겼지. 그게 지금 여기인데 큼지막한 박이 터졌지, 대박이. 원장, 이사장 좋다고 소문이 쫙 났지. 엄마들이 우리 어린이집에 애들 보내겠다고 아우성이라 항상 대기번호가 밀려. 이 글 쓴 친구가 서문에서 문진실 앞에 사람들 줄 선 이야기 했지? 어휴, 그런 건 게임도 안 돼.

흥부전에서는 박씨 덕분에 부자가 된다고 하지? 박씨 덕분인 건 맞아. 제비가 김씨 아니고 박씨라니까. 그런데 생각해봐. 하루아침에 부자가 되는 방법은 로또밖에는 없어. 그렇게 로또 당첨된 사람들이 결국 모조리 불행하더라는 소리 들었지? 나는 로또 당첨된 거보다 훨씬 더 부자고 행복해. 그 뒤로 우리가 낳은 애만 넷이야. 투 볼 투 스트라이크. 게다가 어린이집에 가면 꼬맹이들이 매일 삐악삐악 거리는데 그거 보고 있으면 시간이 가는지 오는지 몰라.

우리 어린이집 노란버스는 여전히 내가 운전해. 앞으로도 죽 그럴 거고. 아침에 애들 태우려고 운전대 앞에 딱 앉으면 항상 흥분돼. 이유는 내가 흥부기 때문이지. 그럼, 내가 흥분데.

컴맹탈출

병덕이 엄마라고 해. 다른 엄마들처럼 내 이름은 주민등록증에만 쓰여 있어. 내가 왜 병덕이 엄마냐 하면 우리 아들이 병덕이기 때문이지. 그리고 우리 아들이 없으면 내가 없는 거기 때문에 병덕이 엄마가 맞아.

요즘 입시철인 모양이지? 난 그런 거 하나도 모르고 아들 키웠어. 얘도 초등학교 들어가면서 게임에 홀딱 빠졌어. 중학교 때는 피시방에서 살았지. 그걸 뭐 어쩌겠어. 재미있어 죽겠다는 걸 잡아다 독서실에 앉혀놓으면 뭐가 달라지겠느냐고. 독서실이나 피시방이나 입장료로 별 차이도 안 나. 그래서 그러려니 했어. 걱정이건 공부건 남이 시키는 게 아니고 자기가 하는 거야.

얘가 고등학교 들어가더니 제 앞가림을 하더라고. 피시방 알바를 시작한 거야. 학교 거저 다닌 셈이지. 그리고 공부하는 건 본 기억이 없는데 컴퓨터공학과 들어갔어. 요즘 수

능시험 말고 대학 가는 방법이 많은가 보던데 나는 그런 거 잘 몰라. 하여간 지가 알아서 들어갔어.

우리 아파트 앞집 식구들을 소개할 차례지. 심학규 선생과 그 딸이야. 심청전 읽어봤으면 다 알 거 아냐. 딸은 당연히 심청이지. 심 선생의 가족사는 알려진 대로야. 마흔 넘어서 딸 하나 낳았는데 엄마가 세상을 떠. 그래서 심 선생이 혼자 딸을 키웠어.

심청전이라니까 심학규 선생에 대해 궁금하겠네? 은퇴한 중학교 교감 선생님이지. 앞 못 보는 봉사 아니냐구? 이봐, 요즘은 그런 단어 쓰면 곤란해. 시각장애인이라고 해야 해. 그리고 심 선생은 앞도 잘 봐. 학교에 차 몰고 출근했다고.

대신 컴맹이야. 문서 작성은 모두 독수리 타법, 스마트폰도 문자 보내기까지만. 물론 나도 컴맹이지. 나는 컴퓨터를 쓸 일이 없으니 아무 문제가 없어. 그런데 심 선생은 교사잖아. 요즘은 학교 일을 모조리 컴퓨터로 한다는데 컴맹이라고 생각해 봐. 주변 사람이 피곤한 거지.

이 양반이 은퇴한 다음에 사흘이 멀다고 우리 집 벨을 눌러. 우리 아들 호출이지. 인터넷 안 된다고 해서 가보면 랜 연결선 빠져 있고, 부팅이 안 된다고 해서 가보면 전원 플러 그 빠져 있어. 컴맹이라기보다 기계치인 거 같아. 그런데 학교 선생님답게 자존심이 무지 세. 거기에 조선 시대 왕비 세 분 배출한 청송 심씨 집안 자부심이 더해져. 컴맹을 문맹과 같은 걸로 보니 이걸 절대 인정 못 하는 거야.

한번은 심 선생네로 덩치 커다란 컴퓨터가 배달됐어. 물론 심 선생이 인터넷으로 주문한 거지. 공양미 삼백 석 아니고 컴퓨터 값 삼백만 원. 내가 아들 컴퓨터 사줘봐서 아는데 요즘은 이렇게 비싼 컴퓨터 없어. 이 양반이 개인용 컴퓨터가 아니라 서버용 컴퓨터를 덜컥 주문한 거야. 비싸면 좋은 줄 알고.

포장 박스에 깨알 같은 글씨로 쓰여 있어. 홀로그램 포장 테이프를 떼면 환불 불가. 그런데 간단히 무시하고 개봉. 사실 노안이 좀 일찍 와서 이 양반이 작은 글씨는 잘 못 봐. 딸이 어릴 때도 분유통에 쓰인 작은 글씨를 못 읽더라고. 그래서 우리 집에 분유통 들고 온 적이 몇 번 있어. 온 김에 그냥 내가 분유 몇 번 타주곤 했지. 그랬더니 동냥젖 얻어먹였다고 소문이 났어.

이제 빠라밤, 심청 양이 등장해야 할 순간이지. 얘는 인당수가 아니고 인터넷에 빠졌어. 심청닷컴 운영하는 파워블로

거야. 식당 돌아다니면서 엄지손가락 들고 사진 찍어. 그리고는 돈 받고 올려주는 거지. 화장품, 신발 다 공짜로 얻어.

그런데 얘가 지 아버지가 사 온 컴퓨터 이야기를 입맛대로 각색해서 자기 블로그에 올렸어. 무책임한 악덕 판매자가 탄생한 거지. 사람들이 이걸 믿고 씩씩거리면서 여기저기 퍼 나른 거야. 결국 판매자가 백기 들고 전액 환불해줬어. 심지어 반품도 수신자 착불 택배로 했다니까. 진상 고객인 거지 뭐. 여기서 끝내면 심 선생이 아니지. 이번에는 육 개월짜리 코딩 전문가 과정에 등록을 했어. 컴맹 탈출에는 구청 문화 강좌로도 충분해. 심청 양이 또 환불해왔지.

컴맹을 위한 컴퓨터가 있더라구. 노트인지 패드인지 그 얄팍한 거. 심청 양이 그걸 사서 안긴 후로 문제가 없어졌어. 요즘 아침에 심 선생 보면 아파트 현관 앞 벤치에서 열심히 손가락으로 화면 문지르고 있어. 거기가 관리사무소 와이파이 터지는 데거든. 햇빛 적당한 벤치하고 와이파이 교집합을 점으로 이으면 심 선생의 하루 궤적이 딱 나와.

그래서 지금은 심학규 씨도 개안을 했지. 아무한테나 친구신청 한다더라고. 나한테 문자 보낼 때도 이모티콘 꼭 붙여. 우리 아들 이야기로는 심 선생이 여기저기 들어가서 악플 남기고 나온데. 얘가 심 선생 아이디, 비번 다 알거든. 전직 교감 선생님이면 뭐해, 지금은 아무도 알아주지 않는 동네 할아범이잖아. 무시당한다고 생각하면 악 받치는 거지. 그러니 악플 달고 욕하면 속도 시원하고 인정받는 기분인 모양이야. 서로 무시하는 세상인데 악플 많은 게 당연한 거 아냐?

뭐 나도 개안한 세상이 있지. 홈쇼핑. 말들을 얼마나 찰지게 잘하는지 아침부터 저녁까지 정신이 없어. 곧 택배 올 시간이네. 그런데 빵덕어멈이라고 부르지 좀 마. 우리 아들 이름은 병덕이야, 고병덕. 동명성왕 고주몽의 75대손이라니까.

오대독자

나는 땅에 발 딛는 법을 못 배우고 자랐어. 산신령 가문이 아니고 5대 독자였기 때문이지. 나를 업어 키운 할머니의 옛날 이야기 레퍼토리는 딱 하나, 옛날 옛날에 어떤 마을에 나무꾼이 하나 살았는데 목욕하는 선녀 옷을 감춰놓고는 결혼해서 행복하게 잘 살았더래. 나는 그때부터 마음먹었지. 크면 나무꾼이 되어 선녀와 결혼해야지. 나무꾼이 되려면 나무를 알아야지. 나는 어릴 때 공룡이나 자동차 아니고 나무 종류를 줄줄 외며 자랐어, 식물도감 보고. 대학은 당연히 농대 임학과로 가야지.

그런데 대학 입시 때 문제가 생겼어. 학교에서는 개교 후 최초로 정문에 의대 입학 현수막 걸어줄 학생이 탄생한 거야. 나는 주사기만 봐도 덜덜 떠는데 의대 진학은 말도 안 되지. 교장, 교감, 담임 선생님의 눈빛이 맹수 같았어. 아버지도 연합군에 가세했지. 점수가 한참 남는데 농대는 왜 가냐고 다그쳐. 대입 전략이 주식 투자 전략하고 비슷한 거더라고. 아니면 카지노 베팅 전략. 나는 나무꾼이 되겠다고 버텼어. 타협점이 공대였어. 연합군의 설득 논리가, 21세기의 땔감은 목재가 아니고 전기라는 거였어. 전망이 좋다고.

입학 후 보니 수업 과목들이 전자기장, 회로이론, 전력공학 이런 것들이야. 내게는 외계인의 단어들이야. 결국 학교 공부는 관심 없고 오직 선녀 조우 작전 짜느라고 바빴지. 그런데 생각해보니 21세기인 건 맞아. 선녀가 달밤에 연못에 나와 있을 리가 없지. 아마 사우나에서 피부 마사지 받고 있을 거야. 중요한 건 옷인데 이건 고이 접어 라커에 모셔 두었겠지. 여자 라커룸은 접근도 곤란한데 라커 열쇠까지 훔치면 추행, 절도로 일이 복잡해지겠어. 전자식 라커를 쓴다면 비밀번호들을 죄 재설정해버리는 수도 있겠더라고. 그러려면 전자기 회로를 좀 알아야 할 것 같아. 이때는 전공 선택 잘 했다는 생각도 잠깐 들었어.

그러면 뭐해, 어차피 전공에서 헤매는 건 달라지지 않는데. 눈치를 챈 부모님이 조건을 거셨어. 일단 군대 다녀오고 이후에도 생각이 바뀌지 않으면 임학과로 전과하라고. 즉시 휴학계 내고 군대 다녀왔지. 그런데 그사이에 벌써 세상이

바뀌었어. 대학교 과 이름들이 죄 바뀐 거야. 이름이 멋있어야 입시 커트라인 올라간다고. 여전히 베팅판이야.

임학과는 첨단글로벌산림자연환경학과가 되었더라고. 그런데 나는 임학과가 이름을 그렇게 바꿨을 거라고는 꿈에도 생각을 못 했어. 임학과가 폐과된 거로 알고 그냥 전기과 다니기로 했지. 사실 전기과도 못 찾을 뻔했어. 전기전자융합시스템공학과가 되었거든.

하여간 손자가 급하다던 어머니는 사우나고 시스템이고 다 집어치우고 일단 결혼정보회사에 연락하셨어. 그렇게 만난 마누라 이름이 순녀야. 순한 딸이라고 그렇게 지었을 수 있지. 아니면 제발 좀 순해지라고 그랬든지. 어느 쪽인지 내 입으로는 말 못 해. 처음에 만나서 나는 선녀로 알아듣고 이게 과연 하늘의 뜻인가 보다, 대뜸 결혼하자고 했어.

근근이 졸업해서 간신히 송전철탑 시공회사에 들어갔어. 철탑은 기피 시설이어서 모두 산속에 놓아야 한다고. 그런데 나는 철탑 설치에는 관심이 없고 나무만 보러 다녔어. 나름 행복한 시간이었지만 인사고과는 좋을 리가 없어. 결국 그만두고 산림청 주변을 전전하고 있지. 소나무 재선충병 조사부터 숲 해설까지. 다 임시직이지.

나는 무엇이었을까. 학교와 가문의 체면을 지키는 간판? 아들을 받아 전달하는 도구? 내 인생은 올라가야 하는 전망대? 그 전망이라는 게 돈 잘 버는 전망이겠지. 전망 좋다는 데서 꼴찌하고 불행하면 무슨 전망이 남겠어. 세상이 어떻게 바뀔지도 모르고, 대신 살 것도 아니고, 결과에 책임지지도 못할 건데 왜 끼어들었느냐고. 그래서 결국 내 미래는 심지어 소나무에 기생하는 벌레가 쥐고 있는 지경이잖아. 생각해보면 제일 전망 좋은 일은 제일 좋아하는 일이야. 잘하는 것과 좋아하는 것 중에 어떤 걸 선택하느냐고 묻지 좀 마. 도대체 좋아하지도 않는 일을 잘할 수가 있느냐고.

그간 선녀는 확실히 순녀로 바뀌었어. 제발 좀 순해지라는. 아침부터 저녁까지 다채로운 주제로 날 들볶아. 며칠 전에는 왜 나무꾼이 금도끼 하나 못 갖고 들어오느냐고 타박하더라고. 나무꾼 후보자답게 21세기 도끼를 사둔 게 내게 있었어. 고강도 탄소강 바디에 티타늄으로 날 코팅하고 자루는 탄소섬유 재료로 인체공학적으로 만든 도끼.

연못으로 갔지. 도끼를 연못에 던지고 꺼이꺼이 하고 있는데 금도끼, 은도끼를 다 든 산신령이 정말 나타났어. 물속에서 홀연히 나타난 건 아니고 연못 주위를 배회하고 있더라고. 그런데 대본과 달리 이걸 안 주겠다는 거야. 옥신각신해서 뺏어들고 집에 왔는데 순녀 얼굴이 붉으락푸르락해져. 어디서 이런 애들 장난감을 갖고 왔냐면서. 보니까 합판에 금박지, 은박지 입혀놓은 가짜 도끼야. 아무리 세상에 믿을 인간이 없다고 하지만 산신령이 이런 사기를 쳐도 되는 거야? 앞으로는 금도끼 이야기도 내용을 바꿔야 하는 거 아냐?

순녀는 그 길로 애들 셋 다 데리고 친정 갔어. 비굴하지만 모시러 가야지. 그다음에는 그 산신령 잡아올 거야. 그때 자초지종 좀 직접 들어봐.

테마파크

내 본시 뜻한 바 있어 남산 밑 묵적골 고시원에서 공부에 매진한 바 십 년이라. 사법질서 확립을 통한 정의사회 구현이 품은 대의였다. 그러나 세상이 날 알아주지 않아도 이 또한 기쁘지 아니하냐는 건 죄 허언이더라. 내가 사법시험 7회 낙방의 대기록을 수립하자 사법시험도 폐지되었다.

고로 내 큰 뜻을 잠시 접고 낙향하여 고향 저수지변에서 와신상담, 권토중래의 일월을 보내게 되었다. 그간 지방자치제의 공과가 과연 뚜렷하였으니 고향산천의 변화가 괄목할 것이었다. 재선 군수는 관광자원 활성화로 한촌농가의 소득증대 공약을 내세웠으며 또한 공약실천 신념의 화신이었다. 군수의 치적이 경이로웠다. 안 되면 되게 하라. 없으면 만들면 된다.

고을 논에 물 댈 저수지가 있었다. 본디 졸졸 흐르는 시내에 지나지 않았으나 조국 근대화 시기에 둑을 쌓아 조성한 것이었다. 그러나 농업생산력 저하로 농수용 담수 기능은 사라지매 결국 무료한 낚시꾼이 붕어 기만할 전략을 획책하거나 낙향한 고시 낭인이 하릴없이 배회하는 근거지로 용도가 꼭 적당한 곳이었다. 호수전망 대지매매라 쓴 나무 팻말이 거미줄을 뒤집어쓴 채 몇 해째 꽂혀 있었다.

상기 군수가 이를 좌시하지 않았으니 그는 이 저수지가 산신령이 금도끼 들고 나타났던 연못임이 틀림없다고 주장하기 시작했다. 그리하여 관내 대학교수는 군청 발주의 연구비를 수령하고 서론, 본론, 결론, 참고문헌 해가며 이 사실을 고증하는 학술용역 연구보고서를 작성, 제출하였다.

군수는 이를 근거로 중앙정부의 지원 예산을 확보하여 저수지를 금도끼 테마파크로 조성하였다. 향촌을 방문하면 흥부, 심청, 홍길동이 본향 출신이라 주장하여 조성한 관광지 목도가 어렵지 않다. 하여 허풍과 능청이 혹시 민족 유전자의 고유 특성이 아닌가 의구심도 들었다.

농업용수 저수지가 금도끼 연못으로 정비, 개발되었으니 다음으로 필요한 것이 당연히 산신령이다. 경복궁, 덕수궁 전면에 제반 수문장이 의관정비, 전방주시로 근무 중인 광경을 상기하라. 농촌에 빈둥거리는 촌부는 허다하다. 그

러나 이는 공허한 탁상망상이 아니라 막중보행의 노동을 요구하며, 좌정묵도가 아니고 상시배회가 필요한 직책이다. 또한 관광객 촬영요구에 친절히 응대하여 지역경제 활성화에 기여하는 역할도 지대하다. 팔도답지 군중의 질문에 답하려면 박학한 지식도 요구되므로 당연하고 분연히 사법시험 십 년 수련의 내가 떨치고 나선 것이다. 수염, 지팡이, 도포가 정비할 내 의관이었다. 내 어투가 다소 시대착오적인 것도 모도 전문적 직업의식의 발로인 바다.

기실 나는 일용할 일당이 아니고 함께 능히 천하를 도모할 인재를 얻고자 천하 아닌 저수지 주변을 매일 주유하였다. 그러나 저들이 간구하는 것은 오로지 금도끼였다. 아동동반 부모들은 저수지를 금도끼가 아니라 금도깨비 테마파크로 이해하였다. 여하한 방법으로 금 뭉치를 금 나와라 뚝딱 획득할 수 있는지 비법 전수를 요구하였다.

관광 활성화의 핵심 사업으로 저수지 주위에 건립된 골프장도 있었다. 하여 근자에 나무꾼의 도끼 빠지는 일은 없으나 방향 잃은 골프공만 하루에 한 바구니 이상 열심히 쌓이니 건져내는 것도 일이더라. 종종 타공 선비들이 오비 기록 후 분기탱천하여 연못에 쇠타공채를 투척하고 내게 금타

공채를 요구하기도 하였다.

저수지 소품이 산신령이면 산신령 소품은 금도끼인지라 금·은·쇠도끼 휴대가 업무 지침이다. 도끼의 순금 제작 여부를 묻는 자 누구냐. 경복궁 수문장 휴대 청룡언월도가 진품 도검이라고 믿는 자도 있더냐.

일전에 저수지에 당도한 자의 만행은 지금도 내 분기를 탱천시키기에 부족함이 없는 것이었다. 그 자는 본인 소유 쇠도끼의 저수지 침몰에 고의성이 없었으며 따라서 금도끼, 은도끼의 인도가 설화와 대본의 명백한 결론이라 주장하였다. 또한 그 자는 금·은도끼 미보상 시 직무불이행 고발 및 자진귀가 불응의지를 명백히 표명하였다.

이는 분명 공무집행방해, 무고, 협박, 갈취에 해당할 행위였으되 중요한 것은 이러한 법리의 적용에 앞서 원만한 조정과 타협이었으매 내 이를 너그럽게 용서하고 사무실 창고에 쌓아둔 여분의 소품 금·은도끼를 쥐어 보냄으로 테마파크의 화평을 도모하였다.

이후 군청 홈페이지에 선녀남편이라는 아이디를 쓰는 자가 금도끼 테마파크와 산신령에 관한 악담을 집중적으로 게시하기 시작한바 이는 필시 금도끼를 받아간 그 자의 소행일 것이다. 민원사항의 전수답변이 군수의 군정방침인즉, 군청 문화과 담당 공무원이 진상을 파악코자 테마파크를 수회 방문하였으나 이곳은 파악할 진상이 발생도, 존재도 하지 않는 한가한 동네 저수지에 불과할 따름이다.

상기하라. 본시 이 설화의 제목은 금도끼가 아니고 정직한 나무꾼이니라. 방점은 '정직한'에 큼지막하게 찍혀 있느니라.

백설공주

이것도 얄궂은 운명인 거지. 내가 백씨 집안에 시집온 거 말이야. 남편에게는 재가였어. 설희 입장에서는 내가 계모지.

백설희 하니까 옛날 가수 이름이지? 난 이름이 운명을 바꾼다는 소리도 믿기 시작했는데 실제로 애 목소리가 끝내줘. 눈 감고 애 노래 듣고 있으면 애간장이 녹아. 정말 연분홍 치마가 봄바람에 나풀나풀하는 거 같아.

애 아빠는 하나밖에 없는 딸이니 공주 대접을 했지. 그래서 백설공주인 거야. 걔가 공주면 남편은 임금이고 나는 덩달아서 왕비지. 돈 드는 거 아닌데 나쁠 거 있나? 그런데 딱 거기까지야. 즈이 애비를 닮아 얼굴이 박색이야. 조물주가 공평한 거지. 남자야 뭐 박력 있게 생겼다면 그만인데 딸이잖아.

내가 애를 꼬맹이 때부터 키웠어. 사실 지가 큰 거지, 내가 할 일이 뭐 있었겠어. 애들은 다 알아서 크는 거야. 그런데 백설공주는 고등학교 졸업하고부터 오피스텔 얻어서 나가 살았어. 내가 내보낸 게 아니고 지가 나간 거라니까.

남편은 사업한다고 맨날 늦게 들어와. 나는 혼자 밥 먹고 드라마 보는 게 낙이야. 드라마 공화국에 태어나지 않았으면 어찌 살았을지 몰라. 당연히 아침드라마로 시작해야지. 요즘은 중간부터 봐도 앞뒤 스토리가 탁 잡혀. 누가 바뀐 아들이고 생모가 누구고 결국 누가 회사 본부장이 될지.

혹시 마술거울 있냐고? 다들 맨날 그걸 물어봐. 세상에 그런 게 어디 있겠어. 거울에는 비춰봐야 그냥 지 얼굴인 거야. 나이 먹으면 사진도 찍기 싫어지고 거울도 보기 싫어져. 자기 얼굴이 맘에 안 드는 거지. 그러면 젊은것들 시샘도 하게 되는 거야.

아침드라마가 한 순배 돌면 컴퓨터를 켜. 내게는 모니터가 마술거울이지. 웹캠 달면 모니터에 자기 얼굴도 나와. 화장도 고칠 수 있다니까. 세상에 없는 게 없고 모르는 게 없어. 그걸로 맨날 검색하는 게 있기는 있어. 검색창에 '예쁜 여자'를 넣어. 바쁘면 그냥 '얼짱', 이래도 돼. 그러면 이영애, 고소영, 김태희 하고 줄줄이 나와. 살짝 기분 나쁘지. 왜 내가 아니고.

내가 이것들을 그냥 둘 수 없지. 방법이 뭐냐 하면, 시집 보내는 거야. 그러면 싹 사라져. 물론 내가 보낸 건지, 지들이 알아서 간 건지 알 게 뭐야. 하여간 시집가고 나면 사라져. 그런데 여기가 무슨 잡초밭인 모양이야. 계속 뭔가 새로 나와. 아이유, 수지, 서현 하면서. 근데 얘네는 노래들도 잘해. 조물주가 가끔 공평하지 않더라니까. 모르지, 성질들이 더러울지도. 어쨌든 나는 계속 시집보낼 셈이야. 내 이름 여기 뜰 때까지.

백설공주 이야기 다시 해야지. 신기하게 얘가 그 얼굴로 남자 꼬시는 재주가 끝내줘. 한번은 핸드폰 훔쳐서 세보니까 만나는 남자가 일곱이야. 이걸 유지하려면 월수금, 화목토로도 안 돼. 휴일 없이 매일매일 남자를 바꿔 만나야 하는 거지. 문제는 남자애들이 모조리 키는 오종종, 얼굴은 꾀죄죄해. 짚신짝이 결국 짚신 아니겠냐구.

내가 계모지만 그래도 엄마잖아. 수시로 챙기고 관리할 의무가 내게 있지. 그런데 이게 언제부터인지 전화하면 전원 꺼져있고 문자 보내면 씹어. 나 성질 급한 거 알지. 열불이 나서 오피스텔에 달려갔더니 핸드폰 맛이 간 거야. 액정 깨지고 배터리 다섯 시간이면 방전.

새 핸드폰 사주겠다니까 꼴에 지는 사과표 핸드폰만 쓴대. 할 수 없이 할인 하나 없는 사과표 핸드폰 사줬지. 새로 나온 새빨간 색으로다가. 이 핸드폰이 사진 잘 나온다고 광고 엄청 하잖아. 백설공주 셀카 사진을 하나 받았더니 뭔가 해줘야 하겠다는 생각이 들더라고. 다시 열심히 검색을 했지. 그리고 압구정동 데리고 가서 눈 따로, 코 따로, 턱 따로 고쳤어. 각각 전문 분야들이 따로 있더라고. 그래서 얼짱이라고는 못하겠지만 박색은 면했지.

그런데 이게 효과가 있었어. 일곱 난쟁이 정리하고 왕자님을 물어온 거야. 키 크고 잘생기고 성격 서글서글한 총각을 데리고 왔는데 눈물이 날 지경이었어. 연애도 경험이라고 다 해봐야 하는 모양이야. 결국 지금 결혼해서 잘 살아. 걱정은 애가 어떻게 나오느냐였지. 그런데 이것도 유전적 재주인가 봐. 아들, 딸 하나씩 낳았는데 둘 다 엄마 아니고 아빠를 꼭 빼닮더라고. 어휴, 내가 가슴을 다 쓸어내렸지.

만화영화로 보면 계모가 벌 받고 죽어야 이야기가 끝나잖아. 원본 동화는 더해. 쇠꼬챙이에 찔리고 별 벌을 다 받는다고. 내 이야기는 이거야. 세상에 못되기만 한 사람이 어디 있겠어. 문제가 생기면 양쪽 이야기를 다 들어봐야 해. 백설공주가 성형수술하고 붓기도 빠지기 전 일이야. 얘가 퉁퉁 부은 얼굴을 페이스북에 올렸어. 이게 나 때문이라면서. 내가 전 세계에서 가장 악독한 계모에 등극한 거지. 요즘 말로 역대급 계모. 댓글들로만 보면 내게 폭력 전과 안 붙은 게 다행일 판이었어.

이것도 다 지난 일이야. 아 다르고 어 다른 거야. 앞으로 사람 판단할 때는 양쪽 이야기를 다 들었으면 좋겠어. 나이 먹었으면 그 정도는 깨달아야 하는 거 아니겠어?

신데렐라

입궐한 도승지의 보고가 이상했다. 모든 일정을 취소하고 궐내에 머무르셔야 하옵니다. 임금님은 처음에는 무슨 쿠데타가 났는지 의심했다. 그런데 생각해보니 바로 전날 저녁에 전군 지휘관 격려 만찬으로 모두 거나하게 취해서 공관으로 돌아간 터였다. 다들 지금까지 숙취로 사경을 헤매고 있을 텐데 그럴 수도 없었다.

이유를 캐묻자 도승지의 대답이 기이했다. 대궐 안 가마가 모두 호박이 되었사옵니다. 임금님은 달력을 들춰보았다. 만우절인가. 승정원 공무원들과 단합대회로 술 몇 번 먹었다고 벌써 나와 농담할 사이가 된 거냐.

그런데 과연 어가 자리에 가보니 가마는 사라지고 둥글넓적 큼직한 호박만 하나 놓여 있었다. 삼보이상승차. 왕실 법도가 지엄했다. 세 걸음 이상 거리면 임금님은 무조건 가마를 탄다. 대궐뿐 아니고 도성 전체가 문제였다. 인경人定

종이 울리면 성문 안 가마들이 죄다 호박으로 변했다. 호박이 된 가마는 파루罷漏종이 울려도 되돌아오지 않았다. 이해도 해석도 되지 않는 사건이 벌써 몇 달째 벌어지고 있었다.

대안은 사실 간단했다. 임금님이 세 걸음 이상을 걸어 다니면 될 일이었다. 그러나 왕실의 법도는 여전히 지엄하였다. 삼보이상승차. 구중궁궐에 갇힌 임금님은 궐 밖 맥줏집의 호프 향과 왁자한 분위기가 그리워졌다. 그렇다고 호박을 타고 나갈 수는 없는 일이었다.

도성 내 가마들이 모두 같은 꼴이라 상황은 엉뚱하게 심각해졌다. 정규직, 비정규직 가마꾼들이 졸지에 실업자가 되었다. 가계부채와 실업수당이 늘어 재정압박이 커졌다. 퇴직금을 받은 가마꾼들이 속속 호박요리 프랜차이즈 가맹점주가 되었다. 이들은 본사 갑질도 억울한데 과당경쟁 방치, 최저임금 인상은 웬 말이냐고 성토했다. 기존 호박요리 식당들은 대기업의 골목상권 위협과 정부의 수요예측 실패를 비난했다. 이들은 호박죽 솥을 궐 밖 마당에 쌓아놓고 농성 시위에 돌입했다. 호박 재배 농가는 공급과잉으로 운송비도 안 나온다고 밭을 갈아엎었다. 임금님은 호박전, 호박죽, 호박무침, 호박볶음을 늘어놓는 수라 상궁이 미워졌다.

과년한 처자들은 시집갈 때 탈 가마가 없다고 아우성이었다. 이들이 결혼을 거부하니 결혼연령이 사정없이 높아졌다. 시집을 가지 않으니 출산율이 OECD 최저라고 저녁 뉴스의 예쁘장한 앵커가 호들갑이었다. 임금님은 재떨이를 집어 던지려고 했는데 대궐 전역이 금연 구역이 되어 손에 잡히는 게 없었다. 임금님은 속으로만 씩씩거렸다. 저도 시집을 안 간 것이.

원인을 알아야 답을 찾지. 인문계 출신 판서들은 중세 구라파 구전문학에서 발견되는 스토리라고 설명했다. 자연계 출신 판서들은 무기물의 고분자 생물체 변환은 아직 실험된 바 없다며 고개를 갸우뚱거렸다. 임금님은 하나 마나 한 소리만 떠드는 교수 출신들을 천거한 민정 담당 승지부터 봉고파직하기로 작심했다. 그다음은 문·이과를 갈라야 한다던 교육문화 승지 차례렷다.

민심이 점점 흉흉해졌다. 출입증도 없이 대궐을 은밀히 출입하던 사승이 진단과 처방을 내놓았다. 세자가 혼기를 넘겨 생긴 변고이옵니다. 유리구두를 만들어 발이 맞는 아가씨를 세자빈으로 삼으소서.

앞뒤 가릴 것이 없었다. 임금님은 즉시 이태리국 무라노

섬 장인들에게 유리구두 제작을 의뢰했다. 여당 신료들은 난국 타개를 위한 고심의 승부수를 칭송했다. 야당 신료들은 사특한 요승의 교언에 근거한 정책결정과 무분별한 외국 물품 수입에 따른 국부유출을 규탄했다. 이들은 면세 수입 업체의 로비 정황을 포착했다며 고질적 망국병폐인 정경유착의 증거라고 주장했다. 임금님은 이들을 잡아다 물고物故를 내고 싶었으나 여소야대 정국이라 참을 수밖에 없었다.

드디어 유리구두가 완성, 납품되었다. 금혼령이 내려지고 적령기 처자들은 유리구두에 발을 맞춰보았다. 전국의 가마가 사라져서 팔도의 아가씨들이 걸어와야 했다. 모두 발이 퉁퉁 부어 유리구두가 맞지 않았다. 그런데, 있었다. 숯내 뚝방 움막에 사는 숯쟁이의 막내딸 발이 꼭 맞았다. 그 먼 길을 지치지도 않고 사뿐사뿐 걸어와 발을 맞춘 것이다. 더 잴 필요도 없었다. 얼굴도 심성도 고왔다. 세자도 마음에 들어 하는 눈치였다.

다시 상소가 쏟아졌다. 자기 딸을 세자빈 후보로 염두에 두었던 고관대작들 사주가 틀림없었다. 탄소배출 저감 노력이 세계적 추세인데 숯쟁이 딸 간택은 화석연료 업체에 잘못된 신호를 줄 수 있사옵니다. 가죽신을 유리구두로 잘못

번역한 게 틀림없으니 회의 속기록을 공개하고 관련자를 문책하소서. 세자빈 후보의 위장전입과 논문표절 의혹이 있으니 청문회로 검증절차를 밟아 국가기강을 세우소서. 문장들은 다들 거창하였으나 근본을 알 수 없는 천민의 딸을 세자빈으로 삼는 것에 대한 시비였다. 그러나 임금님은 단지 세 걸음 이상 거리를 가보고 싶었다. 가마를 타고.

성대하지도 조촐하지도 않게 가례가 거행되었다. 임금님은 빈한한 숯쟁이 사돈이 마음에 걸렸다. 그러나 본인이 엄숙히 내린 〈불법청탁 및 부정부패 방지〉 교지 때문에 대놓고 사돈에게 금품을 건넬 수도 없었다. 임금님은 본인 공약 사업의 하나인 차기 신도시 개발 사업을 이용하기로 했다. 임금님은 공조판서의 팔을 비틀었다. 숯내골이 신도시 사업 대상지에 포함되었다. 토지 보상금을 받은 사돈은 유복한 여생을 누렸다.

선왕을 이어 차명세자가 즉위하였다. 숯내골에서 나고 자란 왕비는 서민적 풍모를 잃지 않아 뭇 백성의 사랑을 받았으니 재순왕후다. 한글 원본이 유실된 〈재순왕후전〉은 외국어로 번역되어 더 널리 알려졌으니 재투성이 소녀 이야기 〈신데렐라〉다. 차명세자는 〈신데렐라〉에서는 '프린스차밍'

으로 번역되었다. 지금 분당이라 불리는 그 땅 숯내골(수내동), 숯내(탄천)에 재순왕후의 흔적은 없고 아파트만 잔뜩 들어서 있을 따름이다.

IV.
종교와 인간

종교개혁

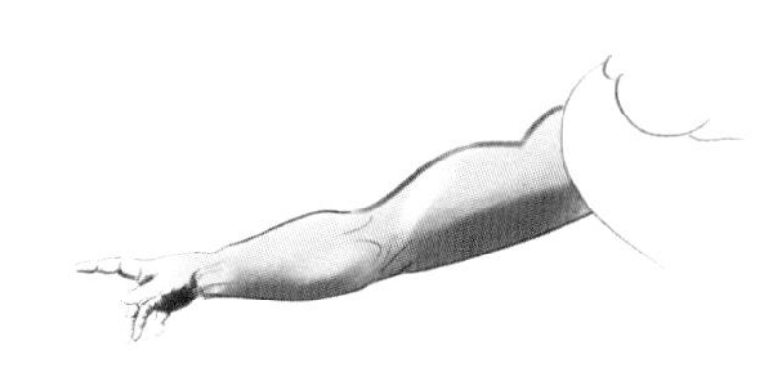

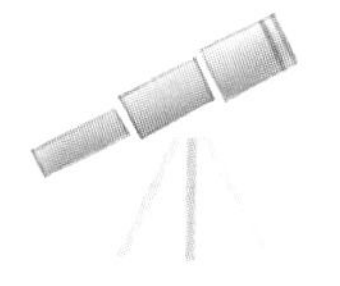

신은 위대하다. 이것이 지금까지 알려진 진리다. 인간이 발명하고 발견하고 조제한 명제들이 모두 허무하게 붕괴하였을지라도 결국 단 하나의 명제가 살아남았고 진리임이 증명되었다. 그것이 바로, 신은 위대하다.

그러나 하찮은 인간들이 끊임없이 진리를 의심했다. 진리는 의심하는 자들 앞에서 충직한 인간들을 통해 존재를 증명했다. 인간들은 신의 위대함을 증명하기 위해 하찮게 목숨을 내던졌다. 그리하여 신은 내던져진 목숨의 수만큼 더 위대해졌다. 그 죽음은 때로 믿음과 무관한 이의 목숨까지 덩달아 빼앗았으니 그것이 하찮은지 위대한지 신이 직접 알려주지는 않았다. 인간들은 테러 현장을 보도하며 신이 아니고 인간을 비난했다.

신은 하늘에 거하셨다. 까마득한 하늘에서 근엄한 목소리로 인간의 세계에 개입했다. 땅은 평평하고 천공에는 해와 별이 신의 뜻대로 운행하였다. 그러나 갑자기 땅과 하늘이 뒤집혔다. 땅이 태양의 주위를 돌고 하늘은 비어 어두운 공간에 지나지 않는다고 주장하는 자가 등장했다. 인간들이 오히려 그를 믿고 지동설이라 신봉하기 시작했다. 게다가 태양 밖에 은하가 있고 태양은 그 은하의 구석에 있었다. 그 은하 밖에는 또 은하가 있되 까마득하게 많으니 신이 거할 곳은 마땅히 아니었다. 이제 신은 거할 처소 하나 변변치 않은 존재로 전락했다.

신은 세상을 창조하셨다. 창조의 주체가 아니라면 절대자일 리가 없다. 그러나 인간은 무엄히도 수십억 년의 역사를 더듬기 시작했다. 대양의 열수공熱水孔, 뜨거운 물이 해저의 지하로부터 솟아나오는 구멍에서 유기물이 발생하였으며 그 장구한 시간 동안 변모한 돌연변이들이 사람에 이르렀음을 설명하였다. 화석을 파헤치고 유전자를 분석했다. 인간은 자신의 생물학적 형태뿐 아니라 사회적 행동까지 신의 자비가 아니라 모두 유전자의 이기적 작동 결과에 지나지 않는다고 주장했다. 신은 창조하지 않았고 창조되었다. 진화론이라 불렀다.

신은 죽음 이후를 다스리셨다. 인간은 알지 못하는 죽음이 두려워 신에게 자신을 기탁했다. 가련한 내 영혼을 받아주소서. 신에 대한 반역의 질문은 최초의 순간에 대한 궁금증에서 시작했다. 시작은 창조가 아니라 빅뱅이었다고 주장하는 자들이 등장한 것이다. 인간의 육체는 풀과 같고 그 영화가 맺혔던 이슬처럼 사라질지라도 우주는 무심히 팽창할 따름이라고 하는 것이다. 폭발 직전에, 팽창의 끝에 무엇이 있는지 알 길도 없고 알 필요도 없다. 시작이 없는데 끝이 있을 리 없다. 그렇다면 도대체 신은 어디에.

위대하지 않다면 신이 아니다. 그러나 모든 신이 영원히 위대하지는 않았다. 위대함의 판단은 시기와 장소를 따라 바뀌는 가치였다. 인간의 지적 변화와 함께 많은 것들이 위대함을 잃었고 인간의 추종을 잃었다. 신도 마찬가지였다. 영원한 것은 신이 아니고 신이 위대하다는 명제였다.

위대하던 과거의 신이 더 이상 위대하지 않게 되자 새로운 신이 위대한 모습을 드러냈다. 새로운 시대의 새로운 신이었고 새롭게 위대했다. 새로운 신은 천국과 지옥을 규정하지 않으셨다. 창조의 미혹도, 파괴의 위협도 없고 오로지 무한한 자애로 이 땅에서의 평화와 안녕을 희구하셨다. 그는 질투도 분노도 없으시며 다만 가련한 피조물의 갈구의

기도를 들으셨다. 보이지 않는 하늘의 어딘가에서 말없이 사바세계를 굽어보셨다.

신은 항상 청취하셨다. 피조물을 존중하시어 그들이 스스로 정한 인생의 목적지를 보듬고 거기 이르도록 애쓰고 힘써주실 따름이었다. 신은 예지의 능력을 갖추셨다. 길을 묻는 피조물에게 모호하게 연꽃 송이를 들어보이지 않았고 단호하게 답을 일러주셨다. 피조물의 앞에 닥칠 거칠고 어려운 일들을 다 선지하시고 자애롭게 길을 인도하셨다.

신은 자비로우셨다. 인간이 신의 뜻을 배반하고 오만한 자신의 길을 선택하더라도 끝없이 인내하셨다. 그들이 결국 회개하고 옳은 길을 찾을 때까지 밝은 곳으로 인도하셨다. 신은 열린 사랑이었다. 누구의 간구인지 묻지 않으시며 헌금과 보시를 요구하지 않았다. 그들의 일꾼이 투기를 했건, 세습을 했건 변함없이 공평한 사랑의 뜻으로 답하셨다. 그러기에 정녕 신은 위대했다.

신은 인간의 언어로 소통하셨다. 한 치 앞을 보지 못하는 미천한 것들을 불쌍히 여기시어 오늘도 낭랑하고 자애롭게 말씀하신다. 전방에 과속방지턱이 있습니다.

로제타석

그것은 존재하나 부재하였다. 그것은 어디에나 있되 곧 사라졌고 어디에도 없었다. 그것은 분명 인간이 만드는 것이나 인간이 볼 수도 만질 수도 없었다. 사라져도 흔적은 머리에 남아 때로 인간을 위협하고 간혹 위무하였다. 인간의 입을 나온 부재의 흔적은 기억의 존재로 남았다. 그 기억은 모두 달라 인간은 서로 입을 의심하고 귀를 불신했다. 보이지 않는 그것이 보이는 것을 세우고 허물었다.

그것은 말이었다. 인간의 입을 통해 밖으로 나오나 어디에도 없었다. 라Ra, 태양신의 말은 인간의 말과는 또 다른 존재였다. 후일 그리스인들은 이를 스핑크스라 일컬었다.

일식의 날 라는 스핑크스를 보내 파라오를 소환했다. 파라오는 질문에 답해야 했고 답이 틀리면 라는 아누비스Anubis, 죽음의 신를 보냈다. 알 수 없는 때 검은 혀가 태양을 덮었고 파라오가 죽었다. 그의 영혼을 담았던 심장은 꺼내

항아리에 넣었고 몸은 말려 미라를 만들었다. 파라오를 죽였을 질문은 허공의 말이 되어 입에서 귀로 떠돌았다. 그러나 이미 부재하는 그것을 막상 저잣거리가 알 길은 없었다.

대답하여 돌아온 파라오는 자신을 살린 말을 기억하여 왕궁 깊은 방에 글로 새겼다. 다음 파라오는 즉위하면 가장 먼저 그 문제와 답을 숙지해야 했다. 왕실의 문자는 빗장이 육중하였으니 질문은 신성하고 대답은 비장했다. 일식은, 그래서 스핑크스는 언제 올지 몰랐다.

그중 가장 오래된 질문은 이것이다. 하나의 목소리를 갖되 처음에 네 발, 다음에 두 발, 그리고 세 발로 걷는 것은 무엇이냐. 사람이라고 답한 파라오를 라는 축복했다. 너는 가서 사막이며 또 습지인 곳을 가늠하라. 내가 보낸 밤별이 뜨는 계절 나는 대지 어미의 젖줄을 범람시킬 것이다. 기름지게 된 그 땅이 너의 것이다. 갈대의 바다 곁에 흰 벽의 도시를 세우라. 땅을 측량하고 번성하라.

기록된 다음 질문은 이것이다. 처음 것이 다음 것을 낳고 그것이 또 처음 것을 낳는 것은 무엇이냐. 어떤 파라오가 죽었는지는 모른다. 그러나 생존한 파라오가 기록하여 벽에 남긴 답은 낮과 밤이었다. 왕실 벽에 새겨진 문장은 왕위를 계승한 파라오들에게 비전秘傳될 따름이었다. 파라오가 무엇이라 대답하고 목숨을 부지했는지 실제 아는 백성은 없었다. 그가 파라오의 대를 이을 적자가 아니라면 막상 알 길이 없었다. 태양은 알 수 없는 때 가려졌고 파라오는 죽었으며 살아온 파라오는 벽에 답을 새겼다.

파라오 스네프루에게 아들 쿠푸가 있었다. 쿠푸는 총명하였고 어두운 방의 문자들을 혼자 손으로 짚어가며 읽었다. 아비는 총명한 아들이 흡족하였으나 직언을 서슴지 않는 그가 때로 불편했다. 스네프루의 치세에 기어이 낮이 검게 닫히고 스핑크스가 왔다. 스네프루는 두려워 떨었다. 그는 라의 신전에 쿠푸를 대동하고 그 아들이 대신 답해도 좋은지 물었다. 스핑크스를 통해 라가 대답했다. 함께 오라. 내 질문에 그의 답이 옳다면 아비와 아들이 천수를 누릴 것이다. 대답하지 못하면 아누비스가 아들에게 갈 것이다.

라는 물었다. 꼬리가 머리를 물어 죽이되 머리가 다시 꼬리를 물어 되사는 것은 무엇인가. 쿠푸가 주저하지 않고 답했다. 태양이옵니다. 대답의 단호함에 라는 흠칫했다. 이유는 무엇이냐. 태양은 순간에 황혼으로 사라지되 곧 살아나 새벽이 되기 때문입니다. 네 답이 옳도다. 보니 아들이 명석

하므로 다시 묻노라. 대답한다면 너에게 오시리스Osiris, 부활의 신를 보내 죽어도 다시 사는 기회를 허락하겠다.

잠시 침묵이 있었고 라의 질문이 공간을 울렸다. 영원한 불멸의 존재는 무엇인가. 쿠푸가 숙였던 머리를 들고 대답했다. 그러한 존재의 부재가 불멸이옵니다. 라는 당황했다. 그 말은 그런 존재가 없다는 것이냐. 그렇다면 그 존재에 가장 가까운 존재는 무엇인가. 쿠푸는 여전히 머리를 든 채로 대답했다. 문자이옵니다.

라는 진노했다. 라는 자신이 바로 인간이 만든 사고 체계일 뿐이며 절대 믿음이 없다면 자신이 존재할 수 없다는 그 사실을 인간들이 알아차렸다는 사실에 당황했다. 라가 자신이 발화發話한 스핑크스가 아니라 인간의 문자가 영속의 속성을 가졌다는 데 격노했다. 라는 자신을 만든 숙주를 위협해야 자신의 기생이 가능함을 알고 있었다.

너는 하찮은 인간이 새긴 그것을 이르느냐. 허물어질 벽에 남긴 그것이 어찌 불멸의 길을 따르겠더냐. 약속했으매 너희 부자에게 천수를 허락하노라. 그러나 또한 내가 이르노니 너의 도시는 무너질 것이며 그 영화는 잊힐 것이다. 너희는 서로 저주하여 이를 갈 것이며 벽은 다시 돌로 돌아갈

것이다.

환궁한 스네프루는 두려움에 떨었다. 그러나 두려워하는 아비에게 쿠푸가 말했다. 깊은 방의 문자를 꺼내소서. 세상 모두가 그 질문과 대답을 알게 하소서. 그리하여 의심과 불안에서 세상을 재우소서. 라에 대한 두려움을 잊게 하소서. 위대한 태양도 한낱 그림자로 가려지는 존재임을 세상이 알게 하소서.

스네프루가 벽을 열었다. 답이 희미해지고 지워진 질문도 있었다. 다음 낳은 것이 처음 낳은 것을 다시 낳았을 때 그 어미와 아이의 크기가 같은 것은 무엇이냐. 쿠푸는 거기 춘분春分이라고 새겼다. 질문은 여기저기 새겨져 있었다. 세 개의 모서리를 가진 네 개의 모서리는 무엇이냐. 애통이 침묵을 내려다보되 침묵이 애통을 기억치 못하는 방은 무엇이냐. 앉아 있는 남자와 누워 있는 여자는 무엇이냐.

스네프루는 아들의 말을 따라 삼각형이며 사각형으로 돌을 쌓아 깊은 방의 무덤을 만들었다. 그의 치세에 한 번 더 일식이 있었다. 그러나 스핑크스는 다시 오지 않았다. 그는 천수 후 미라가 되어 피라미드의 그 방에 들어갔다.

이어 즉위한 쿠푸는 아비보다 훨씬 큰 피라미드를 세웠

다. 태양을 마주 보는 그 앞에 파라오 쿠푸는 스핑크스를 만들어 세웠다. 더 이상 스핑크스는 신의 질문도 명령도 아니었다. 포박되어 잘 다스려진 어떤 존재였다. 자신의 질문처럼 남자도 아니고 여자도 아니며 앉아 있되 또 엎드려 있기도 했다. 파라오 쿠푸는 자신이 알고 있는 모든 방언과 오랑캐의 문자로 왕실의 문자를 번역하고 병기해 기록했다. 뒤의 파라오들도 이를 따랐다.

과연 저주와 전쟁이 있었고 흰 벽의 도시는 무너졌다. 그 영광도 사라졌다. 이천 년 뒤에 여기 온 그리스인은 파라오를 알지 못했다. 입으로 전승된 기억도 그들에게까지 전해지지는 않았다. 그리스인들은 다만 본 것을 돌아가 말로 전했고 옮겨 들은 이들이 각색해 자신들의 글로 파피루스에 옮겨 적었다. 그리하여 그들은 처음 스핑크스의 질문에 답한 것이 파라오가 아닌 그리스인 모험가였다고 기록했다. 각색된 기억이 남긴 이름이 오이디푸스였다.

다른 이천 년 뒤에는 프랑스인 병사들이 갈대 바다의 마을인 '작은 장미Rosetta'에 왔다. 그들은 흰 벽이었던 모래더미에서 이상한 검은 돌 하나를 발견했다. 거기 문자가 가득하되 도시와 무덤의 흔적은 없었다. 쿠푸를 알지 못하던 오랑캐들은 그 돌덩이를 '작은 장미 마을의 돌'이라고 불렀다. 그 돌, 로제타석Rosetta Stone은 지금은 영국인들의 손에 넘어가 영국박물관British Museum의 유리 상자에 담겨 전시되어 있다.

태양이 가려져도 스핑크스는 이후 어디에도 오지 않았고 파라오의 영혼도 미라에 돌아오지 않았다. 쿠푸가 남긴 포박된 존재만 뜨거운 태양 빛을 받으며 남아 있을 따름이다.

염라대왕

문이 열리니 여기가 저승이었다. 타오르는 불길이 세상을 덮고 날름거리는 혀가 나를 핥겠다고 달려들었다. 불구덩이 너머 거대한 심판자가 나를 내려다보고 있었다. 엎드려 좌우를 살피니 먼저 잡혀온 자들이 보였다. 머리를 빡빡 깎인 채 회색 죄수복을 입고 웅얼웅얼 제 죄를 고하고 있었다.

심판자의 침묵, 그것이 가장 두려운 취조다. 네 죄를 네가 알렷다. 내가 답을 알 길이 없었다. 나는 학력고사 세대기 때문이다. 수능 세대인들 얼마나 다르랴. 내게 익숙한 물음은 이렇다. 다음 중 당신이 지은 죄에 해당되지 않는 것은 무엇인가. 다음 중 당신의 죄로 가장 큰 것을 고르시오. '다음' 밖에는 답이 없고 '다음' 안에는 답이 하나였다.

어이없는 문제들이었다. 다음 중 전당포 노파를 죽인 라스콜리니코프가 느꼈을 감정을 고르시오. 러시아에서는 3번 '정의감'이라고 써도 되는 모양이었다. 도스토옙스키가 한국에 왔다면 대학 입학은 어려웠을 것이다. 한국의 정답은 2번 '죄책감'이니까. 출제자 수준을 넘는 상상력, 논리적 추론, 감수성 발휘 금지.

그래서 교육청, 교육평가원 홈페이지에 가서 무슨 이따위 문제를 내느냐고 비난글로 도배했던 게 나다. 그때 내 아이디가 염라대왕이었다. 간혹 저승사자도 섞어 썼다. 혹시 내가 그 죄목으로 잡혀온 건 아닐까. 염라대왕 사칭죄, 혹은 저승사자 모독죄. 피시방 가서 올렸는데 어떻게 추적했을까.

골라야 할 '다음' 안에 포함된 답을 맞히려면 출제자의 의도를 간파해야 한다. 네 죄를 네가 알렷다. 이건 평서문인가 의문문인가. 네 죄를 네가 알고 있다고 나는 알고 있다. 혹은 네 죄를 네가 안다고 내가 알고 있는 것을 너는 아느냐. 평서문이면 대답할 필요가 없다. 그렇다고 가만히 있으면 괘씸죄가 추가될 것이다.

의문문이면 답은 단답형인가 서술형인가. 단답형이면 예, 혹은 아니오. 그러면 염라대왕은 추궁을 이어갈 것인데 이러면 알아서 딱딱 대답이 나오지 않는다고 또 괘씸죄 추가. 서술형으로 판단해서 알아서 이야기를 이어가면 묻지도 않는 말에 나섰다고 역시 괘씸죄. 어찌 되었건 나는 가중처벌되는 구도다. 질 수밖에 없는 게임.

염라대왕은 명부에 없는 죄목까지 알아서 고해바치라고 요구하는 중이다. 연말정산철 국세청이 바로 염라대왕이었구나. 네가 번 것을 네가 알렸다. 명부보다 많이 털어놓으면 손해고 덜 털어놓으면 불성실신고 괘씸죄다. 그런데 명부에 적힌 걸 나는 모른다. 정보 비대칭.

털어놓자. 일단 내 죄를 정리, 분류해야 한다. 기준이 필요하다. 그 죄들은 무거운가 가벼운가, 큰가 작은가. 그렇다면 죄의 계량단위는 무엇인가. 미터, 그램, 평, 파운드. 해당되는 것이 없다. 계량단위가 없다면 어떤 죄의 크기를 1로 삼고 상대적으로 재야 한다. 과학 시간에 들은 비중比重, 어떤 물질의 밀도를 기준이 되는 물질의 밀도와 비교한 값과 흡사하다. 기준 죄를 찾아야 한다. 그 죄의 선택 근거는 무엇인가. 그 선택은 합리적인가 자의적인가.

뭔가 머리를 스쳤다. 문제를 단칼에 해결할 수 있었다. 나는 피해자다. 이 세상은 내가 죄를 짓지 않을 수 없게 만들었다. 나는 왜곡된 교육의 피해자고 야만적 사회의 희생양이다. 내가 성금함을 그냥 지나친 건 여유를 박탈한 경쟁 사

회의 억압이었고 담배꽁초를 하수구에 던진 건 휴지통을 철거한 도시의 책임이었다. 나의 분노조절장애는 선천적이고 책임은 그 단추를 꾹꾹 누른 자들에게 있다. 그들은 내 안에 잠재하는 다른 나와 내통하여 나를 조종했다. 그들이 내 죄의 주범이다. 빙고.

그런데 곧 다른 생각이 들었다. 이건 자충수自充手다. 내게 죄가 없다고 할수록 그들의 죄가 무거워진다. 그런데 그들도 결국 염라대왕에게 불려올 것이고 결국 나와 똑같이 변명할 것이다. 그러면 나는 다시 소환될 것이고 그 죄를 다시 뒤집어 쓸 것이다. 따라서 내가 바로 그들이다. 이제야 내 죄를 내가 알겠다.

폭력과 사기의 전과가 없다고 죄가 없는 것이 아니었다. 나는 춥고 아프고 외로운 이들을 두고 눈을 감고 입을 다물며 구실을 댔다. 서럽고 억울한 이들의 눈물을 닦아주지 않고 시끄럽다고 불평했다. 다수의 편안을 이유로 소수의 차별을 외면했다. 나와 다를 뿐인데 틀린 것이라며 추궁했으니 내가 뱉은 말이 그들의 마음을 후볐을 것이다. 배려하고 사랑하지 않은 것이 다 죄였다. 인정하지 않을 수가 없다. 모두 제 죄입니다.

두 손을 모으고 고개를 드니 촛불이 환했다. 잠결에 들어섰던 법당에는 아직 머리 깎은 스님들의 새벽 예불이 한창이고 극락정토의 부처님이 미소 속에 앉아 계셨다. 아제아제 바라아제 바라승아제.

아프리카

그 시절에는 아프리카가 다 사막이었어. 지금 인공위성 사진을 보면 사하라사막만 누렇게 나오지. 그때는 아프리카 전체가 그 색이었다는 거야. 세상이 다 사막. 내가 거기서 컸다니까.

사막에서 사자가 산다는 이야기는 들어본 적이 없다고? 그래서 세상이 많이 바뀌었다는 거야. 사자가 사는 막막한 땅, 그게 사막이야. 그때는 나도 고기만 먹고 살지는 않았어. 생각해봐. 사자가 동물의 왕인데 왕이면 뭐든지 다 할 수 있어야 하는 거 아냐? 먹는 것도 풀부터 고기까지.

물론 풍족하지는 않았어. 선인장, 전갈 이런 거 닥치는 대로 먹고살았어. 가시가 돋친 선인장을 어떻게 먹느냐고? 그 맛에 먹는 거야. 찌르는 맛에. 홍어를 안 먹어본 모양이군. 고기 먹겠다고 사냥하려면 전력투구해야 해. 그러려면 최대한 사냥감에 가까이 갈 수 있어야 하잖아. 그래서 내 가

죽이 누런 모래색이야. 위장색이지. 살살 걸어가면 바로 코앞인데도 애들이 몰라. 그때 어흥 하면 되는 거지.

우리 마누라는 예나 지금이나 아침부터 저녁까지 TV 보는 게 일이야. 그날 저녁도 마누라는 사막 자외선 때문에 기미 생겼다면서 마스크팩하고 홈쇼핑 보는 중이었어. 다이어트 식품에 자동차까지 판다더니 정말 다 팔더라고. 그런데 갑자기 마누라 눈이 동그래지는 거야. 크루즈 여행상품에 꽂힌 거지. 나도 보고 있으니까 점점 빠져들어가. 저기는 꼭 가봐야 하는 유토피아, 율도국이야. 믿기 어려운 사실은 부부동반이면 공짜라는 거. 바로 전화 걸어 예약했지.

엄청나게 큰 배였어. 배에 타는데 머리가 허연 할아버지가 입구에서 인사를 하더라고. 선장 같았는데 유니폼 명찰에 노아라고 쓰여 있었어. 하여간 주위를 보니 죄 부부동반으로 탔어. 여기저기 기항하면서 동물들 주워 태우는데 세상에 그렇게 동물들이 다양한지 그 배에서 처음 알았어.

일단 좌석에 앉으라고 하더니 영상을 보여주더라고. 나는 비상탈출 시 산소마스크 어떻게 쓰고 탈출구 어딘지 알려주려는 줄 알았어. 그런데 영상 속에 우리 동네가 나오는 거야. 거기 갑자기 건물 투시도가 들락거리고 타워크레인이

들어서더니 눈 깜짝할 사이에 사막이 녹색 가득한 동네로 바뀌는 거야. 그러면서 동의서에 사인만 하면 고향 사막을 그림 속 도시로 바꿔주겠대.

여기서도 마누라의 역할이 컸어. 무작정 사인하라는 거야. 뱀에게 속아서 남편에게 사과 따 먹으라고 시킨 여자 이야기 들었지? 일단 배에 감금되었으니 어쩌겠어. 한둘이 사인하면서 분위기 잡으니까 다들 따라갔지. 그런데 이 크루즈가 뭔가 수상해. 문을 다 닫아놓고 나갈 수가 없어. 밖에는 계속 비가 오고 있어서 못 나간다는 거야. 홍수라는데 사막 출신인 내가 알아들을 수 있는 단어가 아니지.

며칠 지나니까 미치겠더라고. 잘 대접을 해준다고는 하는데 우리 집이 아니니까 죄 불편해. 말하자면 나는 면도칼로 수염 깎거든. 그게 시원하고 깔끔해. 그런데 얼굴 각도를 따라 입체적으로 움직이는 전기면도기를 구비했다면서 그걸 쓰라는 거야. 배 안에는 그런 구식 면도칼이 없대. 더 좋은 걸 주는데 왜 불만이냐는 거야. 그래서 그냥 수염 기르기로 했어. 그게 요즘 내 모습이야.

나갈 데도 없고 놀 것도 없어. 먹으라고 주는 건 모두 인스턴트 식품이야. 콜럼버스가 탔던 배 선원들이 채소를 못 먹어 괴혈병 걸렸다던데 딱 그게 내 신세야. 매일 주는 게 깡통에 든 고기 통조림이야. 야채는 귀해서 채식만 하는 동물들에게 우선 지급한대. 결국 아침, 점심, 저녁 스팸만 먹고 살았어. 식성이 좀 바뀌더라고.

동물들이 배 안에서 콧김을 씩씩거리는 게 슬슬 보이더라고. 배 안의 원성이 높아지고 점점 폭동 전야의 느낌이 오기 시작했어. 결국 그 할애비 선장이 탑승 위치와 관계없이 우리를 죄 아프리카에 내려줬어. 준공이 되었다는 거야.

내리니 정말 세상이 바뀌었더라고. 사막을 다 갈아엎고 이상한 걸 만들어놓은 거야. 원래 갈아엎는 건 불도저가 해야 하는데 그런 건 없을 때잖아. 엄청난 물청소를 한 것 같더라고. 사하라 쪽은 물이 곧 빠져 다시 사막이 되었는데 나머지는 다 습지로 바뀐 거야. 사파리라고 부르래. 그러면서 우리가 도장 찍은 이상향이 이런 모습이라는 거야. 이게 뭐지?

나는 우선 선인장부터 먹어야 했어. 의식이 혼미한데 앞에 큼지막한 가시 달린 선인장이 있더라고. 살금살금 다가갔더니 이게 도망가. 죽어라고 뛰어가서 한입 물었더니 이상하게 여기서도 스팸 맛이 나더라고. 알고 보니 이게 가젤이었어. 내가 잡식동물에서 육식동물로 바뀌는 순간이야.

여기서는 그간 마련한 위장색이 아무 소용이 없어. 보니 주위의 기린, 표범, 하마 다 마찬가지더라고. 내가 볼 때 제일 황당하고 불쌍한 건 얼룩말이야. 자작나무 사이에서 얼룩무늬 덕에 숨어 있던 애들이 사파리에 나앉았으니.

위장색이 무의미해졌으니 이제 오히려 공평해졌어. 모두 죽어라고 뛰어야 간신히 먹고산다는 거야. 먹혀야 하는 친구들 입장에서도 마찬가지겠지. 죽어라고 뛰어야 안 먹히는 거고.

선조 때부터 내려오던 흔적이 다 사라졌어. 내가 놀던 시절의 기억도 없어진 거지. 가끔 사막에서 같이 놀던 친구들이 생각나. 크루즈 탈 형편이 안 되고 정보가 어두웠던 친구들은 아마 물청소 때 다 빠져 죽었을 거야. 세상 물정 모르던 불쌍한 친구들이지. 보기에는 사파리가 멋있을지 모르겠어. 그런데 남들 보기 좋으라고 우리가 사는 건 아니지.

내 이야기는 이거야. 우리는 옛날부터 지금까지 여기에 우리가 살던 대로 살 자격이 있어. 이게 좋은지 나쁜지는 우리가 판단하면 되는 거야. 옆에서 구경하다가 재개발하라는 너희가 아니고.

동방박사

말 탄 세 그림자가 어두운 광야를 가로지르고 있었다. 서쪽 하늘에는 신비로운 밝은 별. 연금술사들은 새로운 별 밑에 누가 기다리고 있을지 알 길이 없었다. 그들은 점성술사가 알려준 그 별을 향해 가고 있었다.

연금술의 역사는 이들에 의해 일찌감치 종결되었어야 했다. 이들이 드디어 황금을 만들어냈기 때문이었다. 세 연금술사는 박사 칭호를 받았으며 주변의 칭송을 얻었다. 그러나 연금술사들이 막상 목격한 세상은 기대와 전혀 달랐다. 세상은 이들이 만든 황금을 얻고자 상상할 수 있는 모든 악행을 저질렀다. 시기하고 질투하고 헐뜯고 뻔뻔하게 강탈하려 하였다.

로마 황제도 연금술 성공의 소식을 들었다. 아우구스투스는 제국 전체에 인구조사령을 내렸다. 모두 고향으로 돌아가 조사에 응하라. 직업과 주소를 밝히라. 내건 이유는 징

세 근거 확보를 위한 기초 조사였다. 깔려 있는 목적은 연금술사들의 위치를 찾으려는 것이었다. 그러나 연금술사들은 로마제국 밖 페르시아인들이었다.

연금술사들은 황금으로는 평화로운 세상을 만들 수 없다는 것을 곧 깨달았다. 황금으로 세상은 더 불행해지는구나. 연금술사들은 아주 작은 황금 한 덩이만 남기고 기꺼이 연금술법을 소각했다. 대신 그들은 원래의 뜻에 가까운 새로운 물질을 만들기로 했다. 그것은 황금의 힘을 빌리지 않고 인간의 갈등을 해결하는 약, 지혜의 묘약이었다.

이 약의 조제는 훨씬 조심스러운 것이었다. 지혜는 황금과 달라 사람을 매개로 하기에 함부로 실험을 할 수 없었다. 누가 지혜의 묘약을 마셔야 할 것인가. 이때 신비로운 일이 벌어졌다. 자라투스트라의 예언서를 읽고 있던 점성술사가 새로운 별을 발견한 것이다. 그 상서로움에 놀란 점성술사는 연금술사들에게 전했다. 저 별은 평화의 천사 가브리엘의 눈동자요, 그 시선이 머무는 곳에 지혜의 영광으로 수태한 아이가 있을 것이오. 지혜의 묘약은 마땅히 그 아이의 것이오.

세 연금술사가 길을 떠났다. 먼 길이었다. 별이 알려주는 방향은 광야의 서쪽이었다. 연금술사들이 유대 땅에 이르렀다. 범접할 수 없는 기품을 지닌 세 이방인의 출현 소식이 번져나가면서 유대 지방이 조용히 술렁거렸다. 유대인의 왕 헤롯이 방문객을 초대했다. 헤롯은 이들이 연금술사인지 알지 못했고 다만 페르시아에서 들려오는 소식의 진위가 궁금할 따름이었다.

연금술사들은 자신들이 전혀 연금술에 대해 모르고 점성술에만 관심이 있는 듯 짐짓 행동했다. 헤롯은 이런저런 질문을 했으나 결국 관심은 연금술이었다. 그리고 연금술에 관한 소식을 접하면 자신에게 꼭 알려달라고 요청했다. 헤롯은 방문의 목적이 꼭 이루어지길 바란다는 말을 덧붙이기는 하였으나 외교적 언사에 지나지 않았다. 성공한 연금술의 위험성을 다시 확인한 연금술사들은 그러겠다고 이야기하고는 헤롯 궁을 나왔다.

별은 요단 강 너머 작은 마을 목동의 집을 비추고 있었다. 그 마구간에 가브리엘의 눈동자가 빛나고 말 구유에는 갓난아기가 놓여 있었다. 부모는 황제의 인구조사령에 따라 고향으로 가던 식민지의 가난한 유대인 장인 부부였다.

연금술사들은 목격한 성탄에 탄성을 질렀다. 바로 이 아이로구나. 이들은 가져온 유향과 몰약을 꺼내 경건히 지혜의 묘약을 조제했다. 아이의 원만한 성장을 위해서는 최소한의 경제적 기반도 필요했다. 그러나 가난한 부부에게서는 그런 경제적 확신을 가질 수 없었다. 연금술사들은 부부에게 자신들의 마지막 황금을 선물했다. 하늘의 영광, 땅 위의 평화가 드디어 이루어지는 듯했다. 여기까지의 과정이 기록된 내용은 다음과 같다.

> 이에 헤롯이 가만히 박사들을 불러 별이 나타난 때를 자세히 묻고 베들레헴으로 보내며 이르되 가서 아기에 대하여 자세히 알아보고 찾거든 내게 고하여 나도 가서 그에게 경배하게 하라
> 박사들이 왕의 말을 듣고 갈새 동방에서 보던 그 별이 문득 앞서 인도하여 가다가 아기 있는 곳 위에 머물러 섰는지라 저희가 별을 보고 가장 크게 기뻐하고 기뻐하더라
> 집에 들어가 아기와 그 모친 마리아의 함께 있는 것을 보고 엎드려 아기께 경배하고 보배합을 열어 황금과 유향과 몰약을 예물로 드리니라
> —마태복음 2장 7-11절

연금술사들은 일단 동방 페르시아로 돌아갔다. 하지만

이후에도 틈틈이 다시 먼 광야를 가로질러 요단 강을 건넜다. 아이의 집을 방문하기 위한 여정이었다. 그들은 아이에게 나중에 트리비움trivium이라 불릴 세 개의 과목인 문법, 논리학, 수사학을 가르쳤다. 그리고 틈틈이 쿠아드리비움quadrivium인 수학, 천문학, 화성학, 기하학도 가르쳤다. 가난한 백성이 아니고 최고의 사회 지도자가 공부할 과목들이었다. 연금술사들은 아이에게 일렀다. 지식은 지혜의 발목이매 지식 없이 능히 딛고 일어날 지혜가 없느니라.

아이는 과연 총명하여 연금술사들이 전하는 지식을 속속 이해하고 습득했다. 아이는 특히 논리와 비유를 섞은 수사학修辭學에 뛰어났다. 어린 나이에 랍비들과 토론을 했고 랍비들은 아이의 총명함과 원숙한 지식에 놀라워했다.

아이는 서른 살의 청년이 되었다. 동방의 박사들은 차례로 세상을 떠났고 마지막 스승도 임종을 맞았다. 그는 청년에게 회한 같은 유언을 남겼다. 너는 이제 지혜의 왕이니라. 너의 나라는 이 땅에 속한 것이 아니므로 세상의 권세로는 거기 닿을 길이 없느니라. 우리 세 사람은 세상의 평화라는 소망을 갖고 평생을 살았다. 그 평화는 주어지지 않고 스스로 이뤄야 한다는 것 또한 우리의 믿음이었느니라. 그 믿음과 소망은 모두 하나의 받침을 가질 것이니 그것이 사랑이라. 그리하여 믿음과 소망과 사랑이 우리를 받쳐준 힘이었으되 그중에 가장 중요한 것은 사랑이니라. 부디 가서 너의 지혜로 세상을 밝히라.

청년은 스승의 뜻대로 고향을 떠났다. 그리고 들른 혼인 잔치에서 물을 포도주로 변화시켰다. 연금술사 스승들의 비전제법秘傳製法을 실현한 것이었다. 그 맛에 하객들이 모두 놀라워했다고 기록은 전한다.

이후 삼 년간 그의 행적은 네 권의 책에 적혀 지금까지 전한다. 그러나 그의 지혜로운 이야기를 들은 세상은 여전히 서로 사랑하지 않았고 오히려 그를 핍박하여 기어이 죽였다. 무지는 집단의 힘을 무기 삼아 지혜를 폭력으로 파묻었으며 결국 역사가 증오의 기록인 것은 달라지지 않았다.

이후 누구도 연금술에 성공하지 못했다. 여전히 세상에서 믿음, 소망, 사랑은 황금만큼 구하기 어려웠다. 다만 동방박사를 인도했던 별은 이후에 사라지지 않았다. 달라진 것은 더 이상 밤새 머물지는 않는다는 것이다.

눈을 들어 노을을 보라. 초저녁, 맺혔다 곧 말라 사라지는 가브리엘의 눈물방울, 샛별이 보이리니.

어린왕자

사막여우의 눈이 동그래졌다. 오아시스의 유일한 나무 그늘에 나른히 앉아 있던 참이었다. 지평선 위에 점이 하나 생긴 것이다. 사막의 풍경은 단순한 곡선 몇 개였다. 그러기에 지금 나타난 점 하나는 커다란 풍경 변화였다. 여우는 점을 주시했다.

심지어 점은 조금씩 커졌다. 긴 자국을 남기며 다가온 그 점은 사람이었다. 발목까지 빠지는 모래밭을 비틀거리며 그는 다가왔다. 누더기에 맨발이었다. 그는 오랫동안 이 사막을 헤맸을 것이다. 살아 돌아간 자가 없다는 이름이 붙은 이 사막을.

여우는 의아했다. 너는 누구냐, 너는 왜 여기 있느냐. 청년은 목이 메마른 듯했으나 물도 마시지 않고 대답했다. 나는 사람의 아들이거니와 진리를 찾고 있느니라. 청년의 엉뚱한 대답에 여우는 어이가 없었다. 게다가 그의 케케묵은 어투는 기이했다. 사막에서는 진리가 아니라 물을 찾아야 하기 때문이다.

그 진리는 어떻게 찾을 수 있는 거냐. 여우는 당황스럽기도 해서 좀 더 말을 붙였다. 진실로 내가 네게 이르노니 오직 마음이 가난한 자가 진리에 이를 수 있느니라. 청년의 말은 여전히 종잡을 수 없었다. 여우는 아주 오래전에 만났던 어린아이가 갑자기 생각났다. 스스로 왕자라고 했다. 중요한 건 눈에 보이지 않는다는 둥, 길들이는 게 어떤 것이냐는 둥 이상한 이야기를 늘어놓다 사라졌기에 기억에 남았다.

여우는 청년의 눈을 들여다보았다. 그의 동공은 맑은 것인지 풀린 것인지 종잡을 수 없었다. 어린 왕자도 그런 눈을 갖고 있었다. 어쩌면 그 왕자가 나이를 먹은 것이 이 청년인지도 모를 일이었다. 그렇다면 이 청년은 지금은 왕이 되어 있어야 했다. 혹시 당신은 왕인가. 청년의 목소리가 좀 단호해졌다. 네 말이 옳도다. 다만 내 나라는 이 세상에 속한 것이 아니다. 오직 진리에 속한 자가 내 음성을 들을 것이니라. 여우는 도대체 이 청년이 무슨 소리를 하는지 알 수 없었다. 그래서 더 청년에 대해 묻는 게 무의미하게 느껴졌다.

여우는 자신이 꼬리가 아홉 개 달린 여우임을 자랑하고

싶었다. 여우는 공중에서 재주를 넘어 뱀으로 둔갑했다. 청년의 표정에 아무 변화가 없었다. 여우는 이번에는 코끼리로 변했다. 여전히 청년은 달라지지 않았다. 여우는 좀 더 기괴한 모습이 필요하다고 생각했다. 그래서 이번에는 코끼리를 삼킨 보아뱀의 모습으로 변신했다. 그리고 물었다. 너는 내가 뭐라고 생각하니. 청년은 나지막하게 대답했다. 여러 뱀이 네 안에 있은즉 너는 뱀의 무리, 사단蛇團이 아니더냐.

여우는 그 단어의 어감이 마음에 들지 않아 다시 여우로 돌아왔다. 여우는 사막에서 필요한 것은 진리라는 이상한 물건이 아니고 물과 음식이라는 걸 청년에게 알려주고 싶었다. 여우는 오아시스의 물을 떠서 청년에게 권했고 청년은 그제야 물을 한 모금 마셨다. 여우는 제대로 자신의 능력을 보여주고 싶었다.

여우는 오아시스 주변의 돌을 던져 떡 다섯 조각으로 바꾸었다. 이 떡은 신기한 떡이어서 수천 명이 나눠 먹어도 배가 고프지 않을 거야. 청년은 이번에는 놀란 눈으로 여우의 손을 보고 있었다. 너도 한번 해봐. 이 돌을 던지면 빵으로 바뀔 거야. 청년은 좀 화난 얼굴로 대꾸했다. 사람이 빵만으로 살 것이 아니니라.

여우는 이번에는 오아시스의 물속으로 걸어들어갔다. 물이 얕아서 물 위를 걷는 것처럼 보였다. 청년은 다시 놀란 얼굴로 여우를 관찰하고 있었다. 신기하지. 너도 걸어서 여기로 와봐. 물 위를 걷는 것처럼 보일 거야. 그러나 청년은 다시 퉁명스럽게 대답했다. 내가 다시 네게 이르노니 시험에 들지 말게 할지니라.

여우는 알 수 없는 이 청년에게 짜증이 나기 시작했다. 그래서 화끈하게 다른 모습을 보여줘야겠다고 생각했다. 여우는 다시 재주를 넘어 이번에는 사람으로 변했다. 로마 시대 고급 관리의 모습이었다. 식민지의 총독 정도는 되어야 할 위엄이었다. 기원후 1세기의 유대 총독 빌라도Pontius Pilatus를 염두에 둔 변신이었다. 여우는 생각나는 게 있어서 낮은 목소리로 무게를 잡고 물었다. Quid est veritas(진리가 무엇이냐). 여우의 머릿속에 들어 있던 풍경은 이렇다.

> 빌라도가 대답하되 내가 유대인이냐 네 나라 사람과 대제사장들이 너를 내게 넘겼으니 네가 무엇을 하였느냐 예수께서 대답하시되 내 나라는 이 세상에 속한 것이 아니라 만일 내 나라가 이 세상에 속한 것이었다면 내 종들이 싸워 나로 유대

인들에게 넘기우지 않게 하였으리라 이제 내 나라는 여기에 속한 것이 아니니라 빌라도가 가로되 그러면 네가 왕이 아니냐 예수께서 대답하시되 네 말과 같이 내가 왕이니라 내가 이를 위하여 났으며 이를 위하여 세상에 왔나니 곧 진리에 대하여 증거하려 함이로라 무릇 진리에 속한 자는 내 소리를 듣느니라 하신대 빌라도가 가로되 진리가 무엇이냐 하더라

— 요한복음 18장 35-38절

청년은 대답하지 않고 말없이 모랫바닥에 손가락으로 낙서를 할 따름이었다. 여우는 좀 맥이 빠졌다. 라틴어는 모르는군.

돌 위에 조금 더 앉아 있던 청년은 조용히 자리에서 일어나 다시 사막을 향해 걷기 시작했다. 여우는 물끄러미 그 모습을 바라보았다. 청년은 천천히 작아졌고 다시 점이 되어 결국 사라졌다. 여우가 청년이 있던 자리로 가서 보니 그가 남긴 낙서가 아직 모래에 남아 있었다. 그것은 한 문장이었다. Veritas liberabit vos(진리가 너희를 자유케 하리라).

자유가 뭐지. 여우는 오아시스에 기댄 자신이 자유로운 건지 갇힌 건지 궁금해졌다. 어쩌면 그 청년은 정말 자유로

운 존재였는지 모를 일이었다. 그리고 그 자유를 알려주기 위해 멀리 목숨을 걸고 사막을 지나 자신에게 다녀간 것이 아닌지 궁금해졌다. 그는 살아서 사막을 건너갔을까.

지평선을 가늠하던 여우는 오아시스를 떠나기로 결심했다. 가보지 못한 지평선 너머의 세상의 궁금해졌다. 자유는 거기 있거나 거기 도착하는 도중에 있을 것 같았다. 그 자유는 사막을 건너는 위험을 감내해야 얻을 수 있을 것이다. 살아 돌아올 수 없을 만한 위험을.

V.

역사와 해석

단군신화

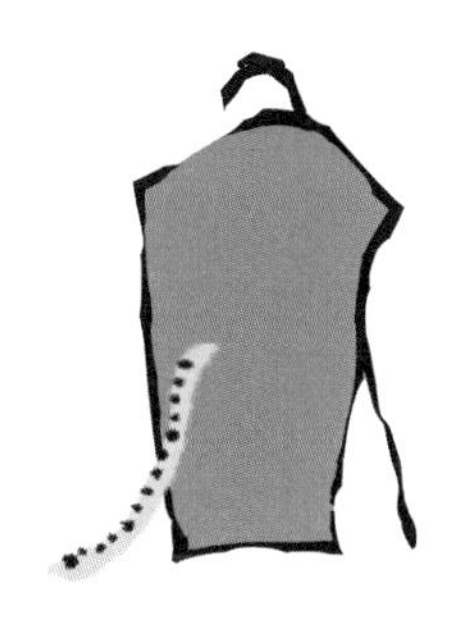

동성동본불혼. 들어보았을 것이다. 그런데 내 이야기는 그렇게 한가하지 않다. 이종교배불허. 이게 내 이야기다. 서로 다른 종은 결혼해서 아이를 낳을 수 없다는 것이다. 말과 망아지 사이에서 낳은 노새를 포함한 몇 정도를 예외로 한단다. 그런데 그렇게 예외를 두려면 원칙은 왜 만든 거야.

라일락 향기가 날리던 교정에서 그녀를 만났다. 긴 머리의 날씬한 미녀를 상상하면 곤란하다. 둥글둥글 후덕하게 생긴 편이었다. 눈에 불똥이 튀었는지 콩깍지가 눈앞을 덮었는지는 기억나지 않는다. 지금부터 수천 년 전 이야기니까.

청춘남녀가 오래 사귀면 결혼하겠다는 게 당연하지 않나. 이때 보도 듣도 못한 그 조항이 앞을 막았다. 이종교배불허. 나는 호랑이, 그녀는 곰이었다. 차라리 동성동본불혼 정도면 참고 기다려 폐기된 후 결혼하면 될 일이었다. 그런데 이건 법과 윤리의 문제가 아니고 생물학적 문제였다.

양쪽 집이 뒤집어졌다. 우리 집안은 뼈대만 내세웠지 얼룩덜룩 껍데기만 남은 몰락 가문이었다. 웅녀네는 재벌가였다. 분명 쓸개 팔아 돈을 모았을 것이다. 그러므로 존경할 무엇이 있는지는 모르겠으나 하여간 세상에서 돈은 권력이었다. 그 권력이 지엄한 자연의 법도를 앞에 내세워 반대했다.

이후는 연속극에 수시로 등장하는 방식 그대로다. 우리는 정녕 사랑하였으매 그냥 가출하여 살림을 차렸다. 원룸 얻을 돈도 없었으므로 신단수 근처 궁벽한 반지하 동굴이었다. 요즘으로 치면 고시원에 가깝다고나 해야 할 것이었다.

시간이 좀 더 지나고 웅녀 배 속에 애가 들어섰다. 당연히 기뻤지만 걱정도 컸다. 이종교배불허의 처벌 조항에 태아 유산이 있었기 때문이다. 살림은 빡빡했지만 당시 제일 유명한 〈환웅歡雄산부인과〉에 다녔다. 이름 그대로 아들 잘 낳게 한다고 유명한 곳이었다. 그런데 흰머리의 여의사가 고개를 갸우뚱거렸다. 의사의 처방전은 지금 생각해도 좀 이상했다. 자외선 쐬지 말고 식이요법에 주의하세요. 두 분 다 마늘과 쑥만 백일 동안 드세요. 피부과로 갈 다이어트 미용 처방전이 바뀐 건 아니었는지.

물론 나는 더한 처방에도 따를 준비가 되어 있었다. 웅녀에게 마늘과 쑥으로 된 즙, 지짐, 탕, 전병을 지성으로 만들어 바쳤다. 그런데 나는 육식동물이다. 이것도 자연의 법도고 또한 지엄하다. 고기를 먹어야 하는 건 내가 아니고 조물주의 뜻이다. 주말 동굴 구석에서 삼겹살에 소주라도 한잔 할라치면 웅녀는 나를 밖으로 몰아냈다. 담배 끊어라, 태아에 안 좋다. 술 줄여라, 건강에 안 좋다.

웅녀네서 막내딸을 그냥 둔 건 아니었다. CCTV가 있던 때는 아닌지라 동굴 천장 가득 박쥐들을 심어놓았다. 이들은 제각각의 목격담을 웅녀 집에 고해바쳤다. 웅녀네서 나는 천하의 몹쓸 놈이었지만 웅녀가 낳을 아이에 대한 집착은 있었다. 박쥐들의 보고서는 경쟁적으로 의뢰인의 입맛에 충실했다. 의사의 처방전은 둘 다 지키라는 건데 호랑이는 하나도 안 지키고 웅녀에게만 강요합니다. 호랑이는 맨날 동굴 구석에서 소주와 삼겹살로 소일하고 있습니다. 그래서 나는 하루가 다르게 천하에 몹쓸 놈이 되어갔다.

연애는 이상이어도 결혼은 현실이라는 이야기가 현실이었다. 곰도 잡식동물이다. 처방전대로 따르던 웅녀의 체력은 점점 나빠져 갔고 의사는 더 갸우뚱거렸다. 이대로는 태아와 산모가 다 위험합니다.

결국 웅녀를 놓아줄 수밖에 없었다. 웅녀는 삼칠일 만에 동굴을 나섰다. 이미 만삭이어서 허리도 가누기 어려웠다. 나는 동굴 앞 박달나무를 잘라 웅녀에게 지팡이를 만들어 주었다. 마지막 순간을 맞은 사랑의 정표情表였다.

박쥐들은 이번에는 저쪽 소식을 열심히 전해주었다. 호랑이도 곰도 아니고 털 없이 빨간 것이 태어났더라. 엉뚱하게 사람처럼 생겼으되 분명 〈환웅산부인과〉답게 아들이더라. 박달나무를 짚고 온 여자가 낳은 대로 이름을 지었더라. 박달나무 단檀, 사내아이 군君.

웅녀네서는 웅녀를 미혼모로 둘 생각이 없었다. 아이는 평양성 읍장에게 입양되었다. 사람이 나쁜 건 아닌데 매일 낮술을 먹는 술꾼이었다. 낮술을 먹는다는 건 낮에만 술을 먹는다는 이야기가 아니다. 그래서 항상 얼굴이 빨갛게 익은 것 같은 중늙은이였다. 홍익인간. 술만 먹으면 조기교육을 시킨다고 애에게 커다란 칼을 쥐여주고 휘두르게 하는 위험한 인물이기도 했다. 단군왕검. 자기가 하늘의 아들인지라 바람, 비, 구름을 몰고 다닌다고 두 팔을 휘저으며 허풍을 떨었다.

호랑이와 곰의 이루어지지 않은 사랑 이야기. 이건 당시에는 좀 주목받던 사건이기는 했다. 웅녀 집안이 사실 만만치 않았다. 언론사에 손을 써서 기사를 고치기 시작했다. 나는 성질 급한 나쁜 놈이 되었다. 호랑이가 성질 급하게 쑥과 마늘을 먹지 말고 햇빛을 보지 말라는 처방을 지키지 않았다는 것도 다 악의적 조작이다. 쑥과 마늘을 먹는다는 호랑이 종자 이야기는 어떤 과학 논문에도 실린 바가 없다. 애초에 가능하지 않은 이야기고 다 허무맹랑한 소리들이다.

> 호랑이 한 마리와 곰 한 마리가 같은 굴에 살았는데 그들은 사람이 되게 해달라고 환웅桓雄에게 빌었다. 환웅이 신비로운 쑥 한 줌과 마늘 20개를 주며 말하니 너희가 이것을 먹고 백 일 동안 햇빛을 보지 않으면 사람이 되리라는 것이었다. 곰과 호랑이가 이것을 받아서 먹고 곰은 삼칠일(21일) 동안 이를 지켜 여자로 변했으나 호랑이는 잘못하여 사람으로 변하지 못했다. 웅녀熊女는 혼인해서 살 상대가 없는지라 날마다 단수壇樹 밑에서 잉태를 기원했다. 환웅이 잠시 사람으로 변하여 그와 혼인했더니 이내 잉태하여 아들을 낳았다. 그 아기가 단군왕검檀君王儉이다.
>
> —『삼국유사』, 「고조선古朝鮮 왕검조선王儉朝鮮」

이제 첫사랑의 그림자도 희미하다. 오래된 이야기다. 담배도 오래전에 끊었다. 내가 담배 피우던 시절 이야기는 아득하기만 하다. 인왕산에서도 가끔 놀았는데 요즘은 갈 생각도 사라졌다. 나는 먼발치에서 손자들 보는 맛에 흐뭇하게 산다. 주말 근교 산에 가보라. 나보다 더 알록달록하게 차려입은 손자들이 물밀 듯이 산을 오른다. 자신들도 산에 끌리는 이유를 모를 것이다. 유전자가 시키는 대로 오를 따름이니. 백두대간을 사뿐사뿐 뛰어다니던 호랑이의 유전자다.

이들 손에 모두 막대기가 쥐여 있다. 이걸 거슬러 오르면 내가 웅녀에게 쥐여준 박달나무 지팡이가 나온다. 산에는 호랑이 가문임을 잊지 않고 포효하는 목소리가 골마다 가득하곤 했다. 어흥, 아니고 야호. 그대들이 하산 후 마시는 시큼달큼 막걸리는 내가 웅녀에게 달여주던 마늘즙이었음을 아는지.

호연지기虎然之氣. 산에서, 들에서, 거리에서 할아버지의 큰 뜻을 잊지 말기 바란다. 출생, 배경, 모습이 달라도 모두 존중하고 서로 사랑해라. 칼을 놓고 창을 버리고 평화롭게 살아라. 그대들의 할아버지는 허풍쟁이 평양성 읍장이 아니라 포효하고 포용하는 호랑이였느니라.

삼국유사

교교한 신라의 달밤이었다. 임금님은 속으로 가슴을 치며 후회하고 있었다. 낙성 축하연이라기에 핫팬츠의 걸그룹 출연을 기대하고 따라나선 것이다. 초청장 맨 앞의 큼지막한 글자를 놓친 게 불찰이었다. 불국사. 걸그룹은 없었다. 대신 근엄한 식순이 이어졌다. 총무스님 개회사, 국민의례, 반야심경 봉독, 주지스님 환영사, 국회의원 축사, 신도회장 답사, 사하촌 발전회장 격려사.

임금님은 석굴암 돌기둥을 능가하는 눈꺼풀 무게를 간신히 지탱하고 있었다. 이게 바로 업보로다. 아무도 궁금하지 않은 사업시행 경과보고가 막 끝났다. 마땅히 눈 둘 곳이 없어 좌우를 힐끔거리던 임금님이 옷은 남루하되 기품이 넘치는 스님을 발견했다. 그대가 요즘 힙합으로 한창 뜨고 있다는 바로 그 영험한 스님이 아니냐. 『삼국유사』에 적힌 바는 이러하나 실제로는 배석한 신료들에게 달리 물었을 것이다. 야가 갸 맞나?

스님의 바랑에는 회회아비를 통해 수입한 커피가 들어 있었다. 스님이 쓰고 시고 떫은 비장의 에스프레소를 내려 왕에게 바쳤다. 이게 대체 무슨 맛일꼬 잠깐 궁금해하던 경덕왕景德王은 곧 졸음이 확 달아나고 정신이 번쩍 드는 신기한 경험을 하게 되었다. 커피를 알지 못하던 배석 신하들은 충담사가 임금님께 차를 끓여 바쳤다고만 간략히 전했고 또 그렇게 『삼국유사』에 기록되었다.

> 다시 납의衲衣를 입은 스님 하나가 앵통櫻筒을 지고 남쪽에서 오는 걸 보고 왕이 기뻐하며 누각 위로 맞았다. 통 안에는 다구茶具가 들어 있었다. 왕이 그대는 누구냐고 묻자 그는 자신이 충담忠談이라고 대답했다. 왕이 어디서 오는 길이냐고 묻자, 소승은 3월 3일과 9월 9일에 차를 끓여 남산南山 삼화령三花嶺의 미륵세존彌勒世尊께 드리는데 지금도 차 공양을 하고 돌아오는 길이라 답했다. 왕이 차를 부탁하자 스님이 차를 끓여 드리니 그 맛이 이상하고 잔에서 이상한 향기가 풍겼다.
>
> —『삼국유사』, 「경덕왕景德王·충담사忠談師·표훈대덕表訓大德」

임금님이 다시 물었다. 그대 랩의 인기에 대한 소문은 들었노라. 내게도 들려줄 수 있을꼬. 하여, 몇 걸음 물러 비트를 가다듬은 충담사忠談師가 펑퍼짐한 장삼바지를 펄럭거리기 시작했다. 물론 엄지와 검지를 펴서 두 팔을 좌우로 흔들기를 잊지 않았다. 이건 힙합이니까.

문을 여니 하늘에는 둥근 달이 떴어
강물 위에 기랑 모습 처연하게 떴어
내 마음도 기랑 따라 이 세상을 떴어
오예
잣가지는 높이 솟아 서리 걱정 없어

임금님이 벌어졌던 입을 추슬렀다. 경이로울진저, 이것이 나중에 『삼국유사』를 거쳐 대한민국 고등학교 국어 교과서에 실릴 예정인 〈찬기파랑가讚耆婆郎歌〉인가. 그렇다면 그대는 나를 위해서도 음악을 하나 만들어줄 수 있겠나.

본시 제도권에 대한 비판, 기득권에 대한 저항이 힙합의 정신이다. 권력자의 요청이 스님 래퍼에게 반갑지는 않았다. 관변官邊 래퍼, 어용御用 래퍼는 동그란 네모처럼 존재할 수 없는 단어기 때문이었다. 그러나 이상과 현실은 서로 다른 단어. 며칠 후 충담사는 발주자의 입장을 고려하여 좀 덜 힙합스런 음악을 임금님께 바쳤다. 〈안민가安民歌〉라고 불릴 곡이었다. 왕이 흡족해하였다는 여기까지가 역시 간략히 전하는 『삼국유사』의 내용이다.

> 왕이 자신을 위하여 〈안민가安民歌〉를 지어달라고 하니 충담이 왕명을 받들어 노래를 지어 바쳤다. 왕이 이를 아름답게 생각하여 그를 왕사王師로 봉하고자 하였으나 충담은 두 번 절하고 이를 사양하였다.
>
> —『삼국유사』, 「경덕왕景德王·충담사忠談師·표훈대덕表訓大德」

그러나 충담사의 요구로 삭제되었던 이후 상황의 복원 기록은 분위기가 좀 다르니 그 내용은 이렇다. 임금님의 얼굴은 얄궂게 바뀌었다. 흡족하였다고 표현한 건 그 표정이 참으로 애매하였기 때문이다. 이어 좌우를 물린 임금님이 나지막이 물었다. 경은 어찌 그리 눈치가 없나. 어쩌자고 유신시대 건전가요 닮은 음악을 내게 선사하는가. 나는 좀 더 부들부들하고 애틋하고 가슴을 부여잡는 발라드를 들을 나이 아닌가.

충담사는 버텼다. 신은 래퍼 이전에 종교인인데 어찌 그런 잡상한 음악을 요구하시나이까. 임금님은 집요했다. 종교는 마음의 위안을 얻게 할 것이요 예술은 마음의 상처를 다스려야 할 것 아닌가. 나도 마음의 치유가 필요하다. 내 나이 이제 사십이다. 공자께서 이르시되 사십 대는 불혹不惑이라, 이건 어찌 유혹되지 않을 수 있겠냐는 뜻이다. 나를 유혹으로 치유해다오.

하여 충담사는 과연 야릇한 발라드를 만들었다. 이건 종교인으로도 래퍼로도 파문의 구실이 될 음악이었다. 왜 충담사가 기록 삭제를 강력히 요구했는지 이해가 되는 상황이었다. 더 큰 문제는 축음기가 발명되려면 아직 한참을 기다려야 한다는 것이었다. 그래서 충담사는 수시로 궁궐에 불려가 임금님 옆에서 발라드를 불러야 했다. 어전御前 음악가와 어용御用 음악가 사이의 위태한 경계였다.

충담사에게 대안이 필요했다. 그는 궐내 인사명부를 뒤졌다. 그리고 매일 밤 월성 우물 안에다 대고 청아한 목소리를 가다듬던 세수간 무수리를 찾아냈다. 작곡가와 가수의 직업 분화 순간이었다. 임금님이 부르면 무수리는 함지박을 던지고 달려갔다.

왕사王師로 임명하겠다는 제안을 물리친 충담사는 표표히 궁을 떠났고 세수간 무수리는 경덕왕의 머리맡에서 마지막 순간까지 밤마다 충담사의 발라드를 불렀다. 그 목청에 실린 노래는 참으로 애달프고 서러워 그녀가 만파식적萬波息笛의 체현이요, 현신이라는 소문도 돌았다.

다음 대 혜공왕惠恭王기는 난세였다. 무수리에게 우물 밖 세상 이야기는 좁쌀 반 되, 나락 한 줌의 의미도 되지 않았다. 그러나 역사는 한낱 무수리의 인생도 건너뛰지 않았다. 무수리의 이름은 블랙리스트에 올랐고 그 노래는 청산될 적폐積弊였다. 가수는 결국 멀리 옛 백제 땅으로 피신했다. 다시 고향 땅을 밟을 수 없는 유배였다.

달 밝은 밤이면 무수리는 만경강변 언덕에 앉아 동쪽 하늘을 보며 노래를 불렀다. 떠나온 잣나무 숲 우물터의 처연한 노래였다. 나이 먹은 무수리의 말투는 신라어인지 백제어인지 알 길도 없어졌다. 알 필요도 없었다.

그러나 과연 인생은 짧아도 예술은 길더라. 그 어눌해진 억양 속에 실렸던 서글픈 노래는 곡조 잃은 글자로 지금 우리에게 전해지고 있다. 이 글을 통해 이제야 작곡자와 가수가 모두 밝혀진 그 노래가 〈정읍사井邑詞〉다.

달하 노피곰 도다샤 아으 다롱디리

—『악학궤범』, 권5「시용향악정재조時用鄕樂呈才條」

흥남부두

물길이 칼날이었다. 강을 건넜다면 내 목은 잘려 이국의 성 앞에 걸렸을 것이다. 나를 보낸 자들은 자신들의 기개와 나의 무능을 함께 글로 남겼을 것이다. 그리하여 무너지는 역사의 폐가에서 자신들의 체면을 구했을 것이다. 내가 무딘 칼을 놓고 적장 앞에 무릎 꿇어 목숨을 구했을 수도 있다. 그때 역사는 또한 나를 조롱했을 것이다. 죽음도 수모도 내가 택할 기록이 아니었다. 받은 명령이 요동 정벌이었다. 계란을 던져 바위를 깨오라는 요구였다.

주사위는 던져졌다. 어떤 수가 나올지 아무도 모른다. 그래서 주사위다. 카이사르는 루비콘 강을 건넜다. 반역의 길이었다. 그는 로마 황제가 되었다. 나도 주사위를 던졌다. 위화도에서 말 머리를 돌렸고 역시 반역의 길이었다. 독배인지 성배인지 나는 잔을 받았다. 넘어질 나라였고 무너질 왕조였다. 강물 같은 순리였고 마지막 순간에 내 손이 닿았을 뿐이다. 주사위가 구르면 말판의 말이 움직여야 한다. 반역, 모반, 역성 모두 다른 말이건만 길은 모였다. 개국이었다.

그러나 한번 던진 주사위로 말판이 걷히지는 않았다. 말판에 말이 많았다. 어차피 처음으로 다시 올 길인데 서로 던져 난무하는 주사위 사이를 밀치고 밀려다녔다. 말판을 돌아오는 길의 끝이 결국 죽음인데 얼마나 다른 길을 얻겠다고 기어이 주사위를 던졌다. 그렇게 달려간 길의 끝에 믿었던 친구의 칼날이 있을 줄 카이사르인들 알았겠느냐.

즉위 몇 년 후의 일이다. 내 아들의 칼이 내 아들을 죽였다. 왕자가 왕자를 죽였으니 왕자의 난이라고 했다. 내 아들과 내 아들이 분명 같은 말이건만 그 사이를 삶과 죽음이 예리하게 가로질렀다. 네 발로 달리든, 주사위 말판을 구르든, 입에서 울려나오든 결국 말이라는 같은 말로 덮이는 것이 기이했다.

칼도 길도 글도 말도 믿을 것이 아니었다. 믿을 것이 없으니 가질 것도 던질 것도 없었다. 떠밀려 이 자리에 오기 전, 위화도에서 말 머리를 돌리기 전, 우물가에서 젊은 처자에게 물이나 떠달라던 그 시절이 그리웠다. 나는 낯익은 그곳에서 그냥 함흥 아바이로 살고 싶었다.

양위하고 함흥으로 갔다. 한양에서는 내 아들을 죽인 내 아들이 즉위했다. 함흥 본궁 풍패루의 연꽃은 흐드러진 절경이었다. 무료해지면 성천강을 따라 걷다 만세교를 건너 돌아오곤 했다. 더운 날은 좀 더 멀리 마전 해수욕장에 다녀오기도 했다. 더 주사위를 던질 필요가 없으니 내 일상은 나른했다. 겨울이면 솜씨 좋은 수라상궁이 말아주는 냉면이 일품이었다.

왕위에 오른 아들이 내게 돌아오기를 청했다. 부르는 자가 죽은 자인지 죽인 자인지 몽롱했기에 나는 대답하지 않았고 그가 보낸 신하들에게 냉면 한 사발씩 내렸다. 수라상궁의 손맛에 신하들은 돌아가지 않았다. 조정에서는 보낸 신하가 돌아오지 않는다고 나를 의심했다. 함흥차사라고 불렀다. 고향 들판에는 여전히 꽃이 피고 또 졌다. 피는 꽃은 절박하고 또 치열하겠으나 보는 나는 여전히 무심했다. 가끔 수심 얕은 성천강변 풀밭에서 팔베개하고 낮잠을 자기도 했다.

오래 잤나보다. 매서운 칼바람 결에 낮잠을 깼다. 어느새 한겨울이고 세상이 소란했다. 전쟁이라면서 주변이 어수선했다. 이고 진 봇짐 무리가 기운 솜바지를 입고 길에 줄을 이었다. 철수선을 타야 한다고 했다. 눈보라가 휘날리는 바람 찬 흥남부두에 까마득하게 큰 검은 배가 있었다. 갑판으로 오르는 누비옷들 사이로 낯익은 남색 저고리가 얼핏 보인 듯하였고 나는 목메어 수라상궁의 이름을 불렀다. 금순아, 금순아.

빼곡히 사람을 싣고 배는 떠났다. 찬 바람을 맞으며 멀어지는 배를 물끄러미 바라보았다. 배를 탄 자와 부두에 남은 자는 각각 어떤 주사위를 던진 걸까. 산천이 바뀌었다. 조선은 조선인데 분명 내가 세운 조선이 아니었다. 간판은 공화국인데 실상은 왕국이며, 호칭은 동지인데 막상 교주가 되는 세상을 상상이나 하겠더냐. 다만 나는 반인민적 리조봉건국가를 수립한 수괴였고 통치배였다. 찍는 낙인은 간단하나 어느 인생이 그리 사소하겠느냐. 믿지 못할 말을 허튼 글로 옮겨 덮은 것이 역사로구나. 너는 아직도 주사위를 던지려느냐.

던지지 않은 주사위를 가끔 생각한다. 압록강을 건넜다면 내 뼈는 어느 잡초 무성한 벌판에서 음울하게 썩어갔을까. 그 겨울에 검은 배를 탔으면 나는 부산 광복동 어느 골목에서 밀면을 말게 되었을까. 국제시장 골목에서 물들인 군복을 팔지는 않았을지.

시린 날 원산 바닷물에 담근 손끝이 따뜻해진 것은 어느 남쪽 앞바다의 온기일까. 믿지 못할 역사에 내가 더할 말은 없다만 혹 좋은 날이 온다면 네게는 꼭 전하고 싶은 말이 있으니, 참 고마웠다. 그날이 올 때까지 부디 굳세어라, 금순아.

눈보라가 휘날리는 바람 찬 흥남부두에
목을 놓아 불러봤다 찾아를 봤다
금순아 어디로 가고 길을 잃고 헤매었더냐
피눈물을 흘리면서 일사 이후 나 홀로 왔다

일가친척 없는 몸이 지금은 무엇을 하나
이 내 몸은 국제시장 장사치기다
금순아 보고 싶구나 고향꿈도 그리워진다
영도다리 난간 위에 초승달만 외로이 떴다
—〈굳세어라 금순아〉, 강사랑 작사 박시춘 작곡

훈민정음

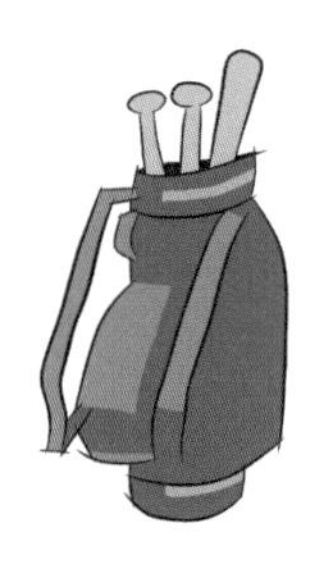

이 몸이 죽고 죽어 일백 번 고쳐 죽어. 고스톱판에서 이게 도대체 무슨 자세야. 넷이 앉아서 패를 돌리는데 광 파는 자리가 지정된 것도 아닐 것이다. 어느 정도 쓸 만한 패면 뛰어들어 따고 잃고 역전극을 펼쳐야 고스톱이지. 그런데 이 늙은이는 죽기로 작정을 했더라고.

그래서 내가 알아듣게 몇 마디 해줬어. 이런 패인들 어떠하리 저런 패인들 어떠하리. 그런데도 끝까지 죽겠다고 버티는 거야. 울화통이 터졌지. 결국 고스톱 끝나고 손을 좀 봐줬어. 아침에 차 세워뒀던 자리가 선죽교 아래 둔치 주차장이었거든. 거기서 트렁크에 실어뒀던 몽둥이를 들고 위협만 했어. 맹세코 더 이상은 모른다고. 일단 열 좀 식히고 이야기할게, 휴.

내가 여기 끼어든 건 오로지 아버지 회사 때문이지. 아버지는 유학 후 학위 마치시고는 개성제약에 취업하셨어. 여기서 최연소 부장으로 승승장구했다고 하더라고. 내가 상대했던 두 전무는 우리 아버지 비슷한 연배로 입사 선배들이야. 부장까지는 빨랐는데 막상 임원 승진에서는 아버지가 좀 밀린 모양이더라고. 아버지는 거길 파고든 헤드헌터에게 넘어가서 화학회사로 잠시 옮기셨다가 새 제약회사를 창립하셨지.

그런데 기대 수명이 높아지니까 약이 점점 더 중요해지는 게 보이더래. 회사를 키워야지. 그래서 개성제약을 다시 들여다보시게 된 거야. 이 회사에 그간 바이오 기술 축적된 게 있어서 신약 개발로 대박이 날 거 같더래. 그런데 맨날 쌍화탕만 달이고 있던 거지. 그래서 개성제약을 인수합병하기로 한 거야.

나는 재무제표 같은 거 몰라. 듣기로는 상태가 나쁜 건 아니라는데 경영은 정말 한심하기로 유명했어. 소유자는 창업자의 31대손. 부인이 먼저 세상 떠났는데 영정 사진 앞에 향불 켜놓고 눈물 짜느라 회사에 관심이 없어. 이게 무슨 신파극이냐고. 무능인지 초월인지 모를 지경이지.

일단 회사의 보이지 않는 권력 관계를 파악해야지. 이 회사 영업전무와 경영전무가 소유자의 귀를 잡고 있는 키 멤

버라는 게 드러나더라고. 결국 노회한 이 둘을 포섭하는 게 내 임무였지. 문제는 내 나이가 까마득하게 아래라는 거지. 명함에 기획부장이라고 써놓으면 뭐해. 한국에서는 일단 나이로 이야기를 하는 거니까. 이 회사에 가면 겨우 대리, 과장 수준이니 엄청 불편한 거야. 그래도 어쩌겠어. 정면 돌파해야지.

그래서 먼저 이 몸이 죽고 죽겠다고 하던 그 영업전무에게 접근했던 거야. 그 시절도 떳떳하게 골프를 칠 수 있는 분위기는 아니었어. 약속한 둔치 주차장에 집결해서 내 차에 골프백 네 개를 싣고 골프장에 도착했지. 이 영업전무의 이름은 묻지 마. 그냥 촌스럽더라고만 알아둬. 그런데 이 양반이 역시 골프장에서 더 촌스런 가명을 써넣더군. 포은.

내 이름을 잠깐 설명해야지. 나를 낳았을 때는 우리 아버지는 아직 유학생이었어. 그때 기혼자 기숙사 1층 끝 방에 사셔서 방 번호가 1번. 그래서 내 영어 이름은 룸원이야. 한글 이름은 방원. 방일이 될 수도 있었겠지. 그리고 아버지가 전주 이씨인데 내가 김해 김씨가 될 수는 없지. 내 이름이 그런 거야.

하나 더. 할아버지 계시던 본가에서는 족보명이 중요했

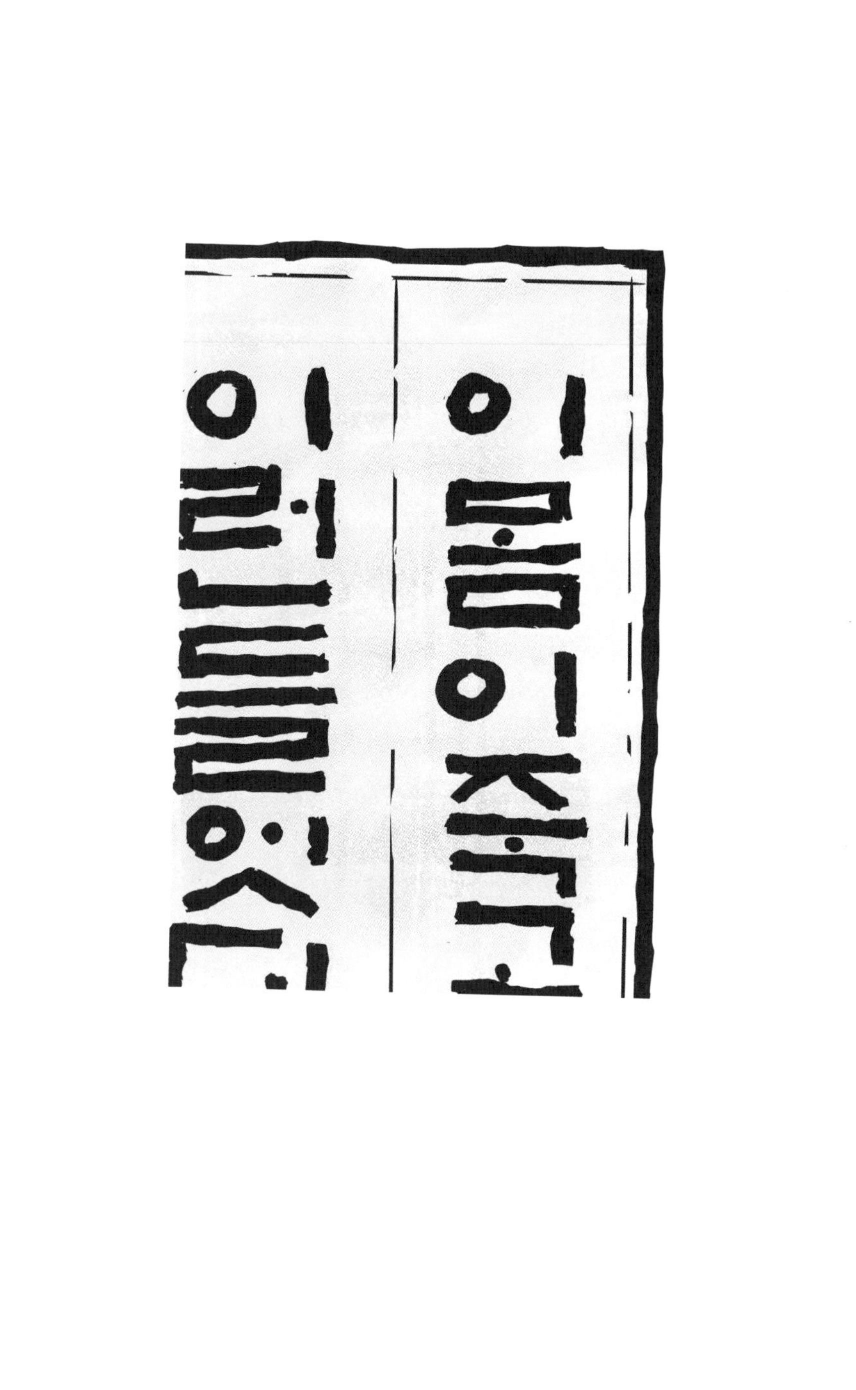

어. 나는 4.2kg으로 덩치 크게 태어난 꼬마였지. 그래서 항렬 돌림자인 종宗 앞에 클 태太만 붙여서, 족보에는 태종이라고 올려버린 거지. 그래서 내 본명과 족보명이 달라. 그리고 그 족보명이 내 이메일, 인터넷게임 아이디가 되었어. 당연히 골프장에서는 나도 태종. 나머지 두 사람은 공무원들이었어. 더 이상 물으면 피차 곤란해지는 건 알고 있으리라 믿어.

목적이 인수합병인지라 그냥 공만 치고 해산할 일은 아니었지. 적당히 알콜 섭취하고 뿌연 담배연기 배출하면서 돈 좀 잃어주는 게 내 임무였어. 그런데 내가 승부사 기질 타고난 게 문제지. 손에 패만 쥐면 적당히 분위기 맞출 생각이 딱 사라진다구. 그래서 결국 일이 벌어진 거였어.

다음은 경영전무. 나름 외국물 좀 먹었던 모양이야. 명함을 받았는데 빠다 냄새가 화끈하게 나더라고. 분명 한국 이름이 아닌데 그냥 한글로 써놓았어. 촬스 영. 철수도 찰스도 아니고 촬스야. 그런데 막상 실물은 앞뒤가 더 꽉 막힌 인물이었지. 황금 보기를 돌같이 하라. 경영전무가 책상 뒤에 써붙인 문구야. 나는 석재가공회사 임원 방인 줄 알았어. 답답했지. 경영 임원 가치관이 이러니 어이가 없지. 어쩌겠어. 말이 안 통하면 말을 못 하게 해줘야지. 이것도 더 이상 묻지는 말아주었으면 좋겠어.

결국 인수합병 성공했어. 신문에는 새우가 고래 먹었다고 났어. 쌍화탕 만들던 회사 개성제약은 우아하게 모닝캄파머시로 바뀐 거구. 내가 아버지 돌아가시기 전에 회장까지 한 건 다 알 거야. 세간에는 내가 다혈질에 물불 안 가리는 저돌적 인격체로 알려져 있을 거야. 부정하지 않겠어. 트렁크에 야구방망이 넣고 다니는 인간이면 내 앞으로 차선 변경하는 애들한테 어떻게 했는지 알 거 아냐.

그래도 경영자는 실적으로 말하는 거야. 내가 제일 자랑스럽게 생각하는 건 제일 똘똘한 셋째 아들에게 경영권 넘겨준 거지. 내가 없었다고 생각해봐. 그럼 내 아들도 없었고 내 아들이 아니었으면 모닝캄파머시는 오래전에 도산해서 사라졌을 거야. 내가 아들에 대해 정말 자랑스럽게 생각하는 건 경영 문제는 아냐. 사실 내 아들이 문화 사업도 많이 했지. 뭔지 다 설명하지는 않을 텐데, 알고들 있을 거야. 지금 눈앞의 이 글자들 읽으면서 뼈저리게 느끼지? 모르겠어? 어휴, 또 울화통 터지려고 하네.

신사임당

내 인생 전반전은 꽃마차였어. 별 어려움 없는 집에서 귀염받고 자란 막내 고명딸이 바로 나였지. 오빠 셋은 부모님 걱정 끼치지 않고 잘 커서 올케들과 조카들 낳고 행복하게 잘 살았더라는 이야기. 사업이라는 게 항상 한 치 앞을 볼 수 없는 거지만 아버지 사업도 집에 경제 부담 없이 잘 굴러갔지. 워낙 검소한 분들이니 아직까지 강북 오래된 동네에서 사셔.

우리 엄마는 내게 이런저런 걸 조금씩 시켜보다가 일찌감치 미대 진학으로 방향을 잡았어. 그리고 졸업하면 바로 시집보내고 손 턴다는 전략을 세우셨지. 그래서 우리 엄마 작전대로 내가 그 학교 나온 여자가 된 거야, 서양화과. 졸업하고 결혼정보회사 덕에 잘 나가는 한의대 졸업한 남편 만나서 아들 낳고 살았어.

우리 아들 이름은 맹동구. 동아시아를 구하라고 시아버

지가 그런 이름을 지어주셨어. 우리가 동구 밖 과수원에서 살았던 게 아니라고. 그런데 주변에서는 나를 동구 엄마가 아니고 맹자 엄마라고 불러. 칭찬하는 건지 놀리는 건지 모르겠는데 기분이 나쁘지는 않아. 아들이 공부 잘한다는 소리로 들리니까.

남편은 우리 집 도움 좀 받아서 자기 이름 내세운 한의원 개업했어. 그래서 '맹한의원'이야. 띄어쓰기를 잘 해야 해. '맹한 의원' 아니고 '맹 한의원'이라니까. 남편 성격이 붙임성 있고 친절해서 한의원 운영이 잘 됐어.

지금부터 후반전. 개업 오년 만에 남편이 죽었어. 앞이 캄캄했지. 아는 건 물감 종류밖에 없는데. 모든 건 돈으로 결론이 나더라고. 집부터 정리해야지. 그때 분양 광고를 봤어. 회사 보유분 정리, 일부 잔여 세대 선착순 분양, 중도금 할인 및 대출 알선, 마감 임박. 내가 꽂혔던 글자는 공원전망, 전원풍경이었어. 울적할 때였잖아. 바로 계약하고 입주했지.

입주하고 보니 그 공원이 추모공원이었어. 옛날 단어로 하면 공동묘지지. 전원풍경은 주변이 논밭이라는 이야기. 나머지 단어들은 다 미분양이라는 소리야. 안 팔리니까 할인해 주는 거고. 그래도 살다보니 적응이 되더라고. 거실 창에 북망산천이 가득한 것도 나름 스펙터클이었어.

문제는 아들이지. 이 동네 애들은 중학생만 되면 무덤 뒤에 모여서 담배 피워. 남편이 폐암이었는데. 애들이 맨날 봉분 올라가서 노는 바람에 공원 관리 사무소에서 전화 많이 받았어. 비석 넘어뜨렸다고. 내 인생이 넘어진 것 같더라니까.

친정에 하소연을 했어. 자존심 상하는 일인데 아들이 걸려 있는 일라고 생각하니 가릴 게 없더라고. 그래서 강남 주상복합 아파트로 이사를 한 거야. 시골쥐가 갑자기 서울쥐 된 느낌이었어. 점심시간이면 근처 사무소 직원들이 목걸이 신분증을 훈장처럼 걸고 다녔어. 다 멋있더라고. 맘속으로 자꾸 아들 목에다 신분증을 걸어보게 돼.

애 학교 보내고 브런치 먹으면서 동네 아줌마들하고 수다 떨다보면 하루가 짧아. 그런데 뭔가 와닿는 촉이 이상해. 아줌마들이 애들 공부 이야기만 나오면, 아니지 사실 맨날 공부 이야기만 했는데, 자기 패는 감추고 있다는 느낌. 내가 바보였지. 이 아줌마, 아니 여편네들이 지네 애들은 온갖 전문 입시학원 보내고 선행학습 시키면서 동네 속셈학원 보내는 척 시치미 떼고 있던 거야.

그래서 나도 여기로 왔어. 대, 치, 동. 베란다 모서리에 곰팡이 슬고 벽지도 얼룩덜룩한 아파트가 우리가 살던 신축 주상복합 아파트 값이었어. 여기 사거리에서 앞뒤좌우를 보면 다 학원이야. 조용하던 거리가 밤 열 시에 차와 사람으로 덮이는 초현실적 풍경으로 돌변하지.

이쯤 되면 한마디 거들고 싶어지겠지. 이거 맹모삼천지교 패러디 아니냐고. 맹추 같은 소리 말고 이야기 마저 들어. 내가 여기까지 온 이유는 딱 하나야. 한국 아줌마기 때문이지. 본인이 돈 많고, 잘생기고, 사회적으로 성공해봐야 아무 소용없어. 애가 대학 잘 가야 해. 애가 간 대학 순위가 부모 권력 순위야.

나도 마음이 바빠. 자사고나 외고는 학교에서 알아서 입시 전략 짜준다는데 우리 애는 일반고 다니거든. 그래서 하루가 더 짧아. 입시경향 파악해야지, 봉사계획 짜야지, 체험활동 근거 만들어야지, 독서활동기록 채워야지, 자소서 첨삭 받아야지, 애 감시해야지. 세상만사가 다 학생부로만 보여.

친정 시장 입구에 떡 가게가 있어. 그 집 아들이 공부를 좀 잘하나봐. 자사고 기숙사에 들어가서 주말에 집에 오는데 우리 엄마 목격담은 무시무시해. 밤이면 불 꺼놓고 엄마는 떡 썰고 아들은 수학문제 푼대. 가끔 아들이 앞치마 두르고 떡도 파는데 이게 학생부 봉사 기록에 들어가지 않느냐는 거야.

오만 원짜리 좀 펴 바바. 거기 나오는 여자가 동양화과 선배 언니야. 학교 다닐 때 얼굴은 좀 갸름했는데 나이 먹고 살이 좀 쪘나 봐. 강원도 출신인데 앞뒤 꽉 막힌 걸로 유명했어. 지금이 조선 시대인 줄 알더라고.

그 언니가 거기 나온 이유가 뭐겠어. 미대 졸업하면 그 정도 그림은 다들 그려. 아들 잘 둬서잖아. 사실 그 아들이 입시, 고시 9관왕으로 유명했지. 그것도 죄 수석으로다가. 공무원 돼서 가끔 뉴스에 나오기도 했고.

그래서 지금 뭐하냐 하면, 그게 문제기는 한데, 공무원이 잘 나가면 정치 바람 좀 타잖아. 줄 잘못 서서 정권 바뀌는 바람에 옷 벗었대. 그리고 지금은 경상도 가서 선배가 운영하는 입시학원 논술강사 한다고 들었어. 이름이 좀 촌스럽던데 도산서원이라던가. 요즘은 단과반이 대세인데 그 동네는 아직 다들 종합반인 거 같아. 이름 듣기만 해도 고리타분하게 무슨 소수서원, 병산서원. 머리는 좋을지 몰라도 세상을 모르는 거지. 요즘은 스카이, 로고스, 지니어스 이러고 나가야 해.

어휴 벌써 열 시네. 보이지? 밖에 차들 밀리기 시작한 거. 애들 태우러 온 사람들이니까 다 내 경쟁자야. 나도 나가야겠네. 커피 잘 마셨어. 참고로 학벌 좋은 아빠들 말 절대 들으면 안 되는 게 이 동네 불문율이야, 자기는 안 그러고도 대학 갔다는 둥. 너도 아무리 늦어도 애 중학교 들어가기 전에 뛰기 시작해야 해. 여기는 한국이라구. 굿럭!

임진왜란

내 얼굴 보이냐? 하나도 안 보여? 하긴 내 눈에도 내 손이 안 보이는데 네 눈에 내가 보일 리가 없지. 달도 없고 정말 깜깜하네. 제대 팔 일 남은 말년 병장이 매복이 뭐냐. 떨어지는 가랑잎도 조심할 군번에. 그래도 국방부 시계가 가기는 가나 보다.

내가 일병 때 수색 매복을 나간 적이 있지. 내 인생에서 제일 길었던 밤일 거야. 그게 뭐냐 하면 땅굴 수색이야. 일단 관짝 크기로 땅을 파. 그리고 밤새 거기 누워 있어. 왜 누워 있냐고? 땅 파는 소리 듣고 북한군 땅굴 찾으려고.

북한군이 여기저기 땅굴 팠다는 이야기는 들어봤지? 그게 몇 개나 더 있을지 모르는 거야. 그런데 그걸 발견하는 방법이 무지하게 단순 무식해. 밤에 공사하는 소리가 들리면 달려가서 발견해야 하는 거지. 그런데 그 소리가 어디서 들릴지 모르니까 사병들이 야밤 벌판에 죄 널려 있는 거야. 사단 본부에 걸렸던 문구가, 땅굴찾아 특진하고 헬기타고 휴가가자.

그날도 겨울 그믐밤이었어. 그때 내 사수도 지금 나처럼 말년 병장이었는데 벌써 어디론가 튀어서 안 보여. 어딘가 짚더미 속에 들어가 있다가 새벽 되면 오려고 했겠지. 그런데 나는 그럴 군번이 아니니 오돌오돌 떨면서 그냥 맨땅에 누워 있어야 하는 거야. 달은 없어도 하늘에는 별이 총총해서 낭만적인데, 낭만은 무슨 염병, 얼어 죽겠더라고.

그런데 갑자기 뭔가 소리가 들려. 두런두런 쿵쿵. 소리 나는 쪽으로 살금살금 갔지. 소리 나는 데 있는 짚을 걷어 내니까 정말 땅굴이야. 겁이 살짝 나기도 했는데 내 머릿속에는 헬기밖에 없어. 사단 병력이 도열한 연병장 복판에서 헬기 뜨는 그림이 막 그려지더라고. 사단에 걸렸던 다른 문구는, 간첩잡아 특진하고 헬기타고 휴가가자. 앞글자만 바꾸면 돼. 하여간 이게 웬 기회야. 일타쌍피, 양수겸장, 일석이조.

조심조심 안으로 들어갔는데 막상 북한군은 하나도 없이 텅 비었더라고. 그래서 우수右手로써 소총을 파지하고 좌수左手로써 전방을 제압하며 계속 걸어갔지. 전진 앞으로.

한참 가니까 화살표하고 글씨가 보여. 개성. 가슴이 벌렁벌렁했어. 더욱 전진 앞으로. 씩씩하고 용감하게. 그랬을 리가 없다고? 넌 지금 선임병을 뭐로 아는 거냐.

한참을 더 가니 드디어 새 글자가 나와. 평양. 종점까지 온 거지. 기도비닉企圖秘匿, 사주경계四周警戒, 은폐엄폐隱蔽掩蔽하면서 밖으로 나왔는데 풍경이 가관이야. 믿어지지가 않더라고. 미국이 선제타격 어쩌고저쩌고 하더니 그새 토마호크 미사일 몇 방 날렸나 싶더라고. 뉴스에서 보던 도시 풍경은 어디 가고 이상한 군대 숙영지 분위기야. 영화 세트장인 줄 알았어.

잡초는 우거지고 제대로 된 건물이 하나도 없어. 북한에 유류가 부족하다는 이야기는 들었는데 그 정도인지 몰랐어. 바퀴 달린 거는 하나도 없더라고. 게다가 아스팔트 포장도로도 없이 길이 죄 맨땅이야. 병사들은 이 추위에 반바지 비슷한 걸 입고 다니고, 들고 다니는 소총 꼴도 기가 막혀.

어쨌든 얼른 하나 생포해가서 헬기 띄워야지. 하전사 말고 군관급으로다가. 그런데 말을 못 알아듣겠는 거야. 분단 뒤에 말도 많이 달라졌다는데 좀 심하더라고. 너희 군관 동무 어디 있냐고 물어봐야 말이 통해야지. 손짓 발짓으로 겨우 부대장 야전 막사에 갔는데 명패 보고 기절하는 줄 알았어. 육군소장 소서행장小西行長. 어럽쇼, 이거 임진왜란이잖아.

내가 고등학교 때 야간 자율학습 빼먹고 놀러가던 당구장에 저녁마다 출근하는 예비군 중대장이 있었어. 그 아저씨가 짜장면 시켜먹고 나서 맨날 떠들던 게 무협지나 전사戰史였거든. 기억나더라고. 고니시 유키나가小西行長. 생각나는 다른 선수는 풍신수길豊臣秀吉이지, 도요토미 히데요시.

통역이라고 누굴 데려왔는데 말투가 사극 대사야. 그간 불법 다운로드 사극 영화 좀 본 덕에 말은 통하더라고. 그래서 기억나는 대로 막 주워 담았어. 강감찬, 을지문덕, 이순신하고. 원래 점쟁이가 아무렇게 떠들어도 그중 하나만 맞으면 신통해지는 거잖아. 고니시 눈이 동그래지는 거야. 이순신 아시무니까. 당연하지. 백 원짜리 동전에도 나오는데. 게다가 광화문에 동상도 있고. 더 떠들었지. 너희들, 학익진 전법 모르고 대들다 박살난 적 있지? 눈이 더 커져. 패전 소식은 병사 사기를 고려한 특급 군사 기밀인데 내가 꿰뚫고 있는 거잖아.

묻더라고. 공은 어디서 온 누구데스까. 나는 발견 플러스 생포니까 이 계급 특진, 이미 병장 단 거잖아. 다부지고 당차

게 관등성명을 댔지. 대한민국 육군 병장 박, 중, 만. 한마디 덧붙였어. 참고로 소장 위가 병장이다. 얘들은 대한민국도 모르는데 고니시보다 높은 군인이 등장했으니 오죽했겠어. 꽐라꽐라 벌집 쑤신 듯 난리가 났지.

그때가 왜병들이 막 평양성을 출발하려는 참이었어. 의주에 있는 선조 잡겠다고. 생각하니 막막, 갑갑하더라고. 왜병이 의주에 가서 임금이 잡혔으면 지금 여기는 일본인 거잖아. 강 건너 갔으면 중국인 거고. 그래서 뻥을 쳤지.

너희는 잘 모를 텐데 명나라보다 덩치 엄청 더 큰 미국이라는 형아가 있다. 너희들이 의주로 움직이면 그 형아가 항공모함 갖고 올 거다. 형아들이 전폭기 띄워서 제공권 장악하면 기계화사단 봉쇄되고 너희 같은 땅개들은 괴멸이다. 너희가 삼백오십 년 뒤에 그 형아한테 멋모르고 대들었다가 딱 주먹 두 방에 혼수상태 된다. 나중에 맞을래, 지금부터 맞을래?

병장 점쟁이가 예언하니 자기들끼리 또 두런두런 모시모시 작전을 짜더라고. 그래서 의주를 지척에 두고 왜병이 평양에 머물렀어. 역사책 읽어보면 왜병이 의주에 안 간 게 미스터리라고 나와. 그게 다 내 덕인 거지. 기록에 내 이야기는 왜 없냐고? 역사는 민초들이 움직이지만 역사가 민초들을 기록해주지는 않는다고.

그럴 리 없다고? 한 번, 두 번, 세 번. 하나밖에 없는 제자가 기어이 나를 세 번이나 부인하는군. 그런데도 첫 닭은 울 생각이 없네. 너도 고참 되면 부사수한테 잘해줘라, 나처럼. 이제 일주일 남았다. 러키세븐.

사도세자

왕자는 왜 뒤주 안에서 죽었을까. 어릴 때부터 나는 궁금했다. 왕자가 이 세상 대신 선택한 뒤주는 어떤 공간일까.

나는 주위가 닫힌 상자 안에 들어가서, 상자를 만들었다. 아동 발달기 현상이라고도 했다. 나는 의자 주변을 보자기로 막고 의자 밑에 웅크리고 앉아 있었다. 이불과 옷 뭉치를 비집고 징롱 속에 들어가 한나절을 보냈다. 어두운 그 안에서 눈물 나게 행복했다. 나는 왕자는 아니었으나 상자 안에서 죽어도 좋았다. 그렇게 내가 죽은들 누가 값싼 눈물 한 방울 흘려주겠는가. 뒤주는 내게 아득한 이상향의 구체적 명칭이 되었다.

왕자는 동화의 주인공이고 마법의 소유자였다. 가벼운 입맞춤으로 잠든 미녀를 깨워냈다. 알지 못하는 별에서 모르는 언어로 여우와 대화를 나눴다. 눈처럼 흰 말을 타고 구름처럼 달렸다. 왕자는 또한 고뇌했다. 죽느냐 사느냐고 번

민하며 물었다. 독 묻은 칼로 원수를 죽이고 자신도 죽었다. 장렬했다. 페르시아의 평원에서 별을 보고 점을 쳤다. 신비했다. 왕자는 세상에서 가장 우아하고 멋진 직업의 이름이었다.

가장 행복한 공간 뒤주는 가장 멋진 사나이가 죽기로 선택하는 필연의 목적지였을까. 왕자는 가족을 버렸다. 뒤주는 가족의 인연을 초월할 궁극의 공간이었을까. 그러나 인연을 놓을 자유도 없던 아들에게 뒤주 밖은 어떤 곳이었을까. 아비가 아들에게 남긴 것은 자신이 떼어낸 고통은 아니었을까.

가족을 떠난 다른 왕자를 나는 안다. 싯다르타는 생로병사를 목도하고 홀연히 궁을 버렸다. 그에게 궁은 번뇌의 포박이었을 것이다. 반야의 지혜를 얻는 그는 어두운 제석굴로 들어갔다. 그는 보리수 아래서 해탈하고 사라수 아래서 열반했다. 그곳은 까마귀 울음 아득한 익명의 벌판이 아니었다. 때아닌 잎이 돋아 어두워졌다니 숲은 규정된 공간이라는 점에서 뒤주였고 열려있다는 점에서 자유로운 공간이다.

왕자 싯다르타는 석가모니가 되어 불꽃의 다비로 육체

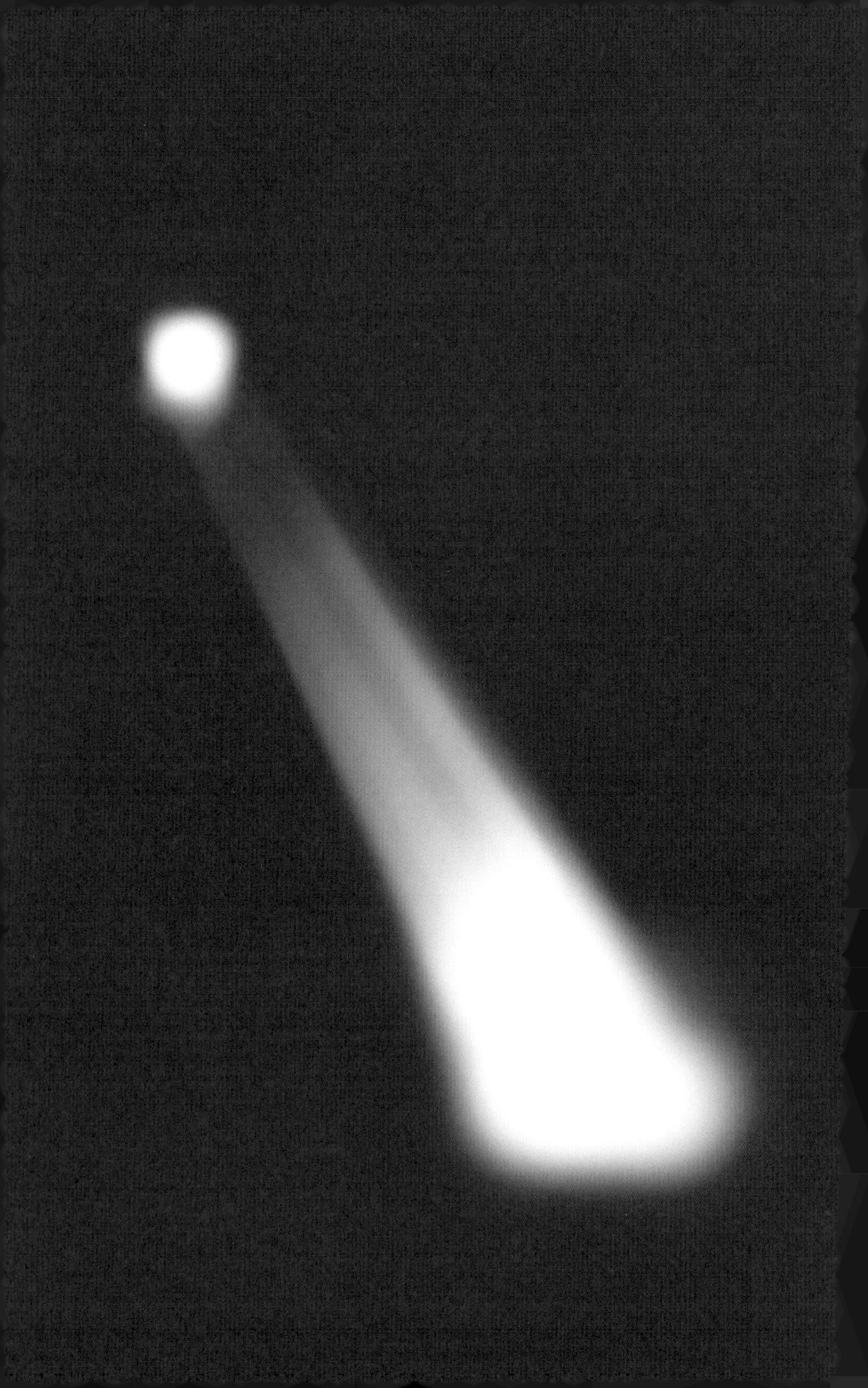

를 버렸다. 그는 환히 빛나는 극락으로 갔을 것이다. 뒤주를 선택한 왕자도 그곳으로 갔을 것이다. 뒤주의 다른 쪽 끝은 극락으로 통할 것이다. 모든 것은 연결되어 있다. 시작도 끝도 맞닿아 있다. 무시무종無始無終.

뒤주는 닫혀 있다. 뒤주는 탈출하지 못한 마지막 단어, 희망이 담겨 있는 곳임이 틀림없다. 뒤주 안은 피안을 향한 그리움으로 밝게 빛나고 있을 것이다. 이곳 뒤주 밖 세상은 절망으로 가득한 번뇌의 골짜기다. 음울한 악령으로 가득한 저주받은 공간일 따름이다. 뒤주는 속세와 내세를 연결하는 좁은 길목일 것이다. 그리하여 뒤주는 극락에 이르면 버려야 할 수레거나 나룻배일 것이다. 본래무일물本來無一物.

뒤주 밖은 캄캄했다. 한 치 앞을 볼 수도 없었다. 내 육신은 고통으로 터져나갈 것 같았다. 그 고통은 신음소리로 번역되어 간신히 몸 밖으로 기어 나왔다. 나는 제대로 누울 수도 설 수도 없었다. 뒤주는 어두운 복도, 침묵의 저편에 있었다. 뒤주 문은 여전히 굳게 닫혀 있었다. 아직도 탈출하지 못한 희망의 두 글자가 여전히 벽을 긁고 있는지는 알 길이 없었다. 어둠을 기어갔다. 캄캄한 험곡인데 동물로서 부여된 감각이 내가 의지할 유일한 힘이었다. 긍휼히 여기옵소서.

나무 관세음보살.

몸을 가득 메운 속세의 오물을 다 내버려야 했다. 더 이상 이 세상에 집착할 어떤 것도 남겨두지 않아야 했다. 눈물인지 땀인지 알 수 없는 끈끈한 액체가 몸을 흘러내렸다. 내 몸은 무너지는 액체의 뭉치였고 나는 그것을 다 밖으로 분비해 버렸다. 가벼워졌다. 그러나 고통의 끝은 또 다른 고통과 맞닿아 있었다.

이번에는 온몸이 마르고 갈라졌다. 내 전생은 모래사막을 건너던 낙타였을까. 혀끝을 적실 물 한 방울에 나는 기꺼이 영혼을 거래할 것이다. 부활은 멀고 죽음은 가까우니 남은 것은 오열이 아니었을까. 뒤주 앞의 나는 몸을 추스르고 숨을 깊게 내쉬었다. 과연 뒤주 문틈으로 극락의 미소가 번질 것인가. 그것의 이름은 과연 희망일까. 뒤주 문을 열었다.

아, 정토였다. 빛이 가득했다. 향긋한 과일과 시원한 감로수가 눈앞을 채웠다. 그것은 희망이 물질로 체화된 모습이었다. 몸을 뒤주 안으로 밀어 넣었다. 게걸스럽게 물을 마셨다. 청량한 수분이 온몸의 세포 구석구석으로 짜릿하게 스며들었다.

냉장고 문을 닫으며 다짐했다.

다시는 맥주를 마시지 말아야지.

VI.
과학과 사회

사피엔스

7,337,634,754. 쉽게 읽어주면 73억이 좀 넘는다. 지구에 사는 사람 수를 실시간으로 세는 것, 그게 내 직업이다. 우리 회사는 생물체의 개수를 센다. 내 옆 책상에는 침팬지, 보노보, 오랑우탄 담당 등이 죽 앉아 있다. 끝이 보이지 않는다.

기억이 날지 모르겠다. 종속과목강문계. 생물학 시간에 여러분이 배운 그게 바로 우리 조직도다. 여러분 회사라면 과장, 부장 위에 상무, 사장, 회장이 있을 것이다. 우리 회사 최고 임원은 동물계장, 식물계장이다. 그 위의 창립자를 우리는 빅 보스라고 부른다. 여러분은 조물주라 부를지도 모르겠다.

나는 이전에 티라노사우르스 담당이었다. 좋은 시절이었다. 숫자는 많았지만 일은 간단했다. 그런데 끔찍한 사건이 발생했다. 지금의 멕시코 부근 유카탄 반도에 소행성이 떨어졌다. 미세먼지, 황사 수준을 훨씬 넘는 굵은 먼지로 하늘이 덮였다. 온도계의 숫자가 쑥쑥 내려갔다. 티라노사우르스의 숫자는 툭툭 떨어졌다. 내 눈앞의 숫자가 0을 찍었다. 멸종. 티라노사우르스, 아니 공룡 전체가 멸종된 것이다. 내가 할 일이 없어졌다.

회사도 어려워졌다. 국영기업은 매각되었고 철밥통도 옛말이 되었다. 고향 집에 부모님이 계시고 막내가 막 대학 입학 했을 때였다. 고민한다고 티라노사우르스가 살아오지 않았다. 하지만 나는 살아남아야 했다. 그리고 살아남았다. 재취업 교육 받고 자격증 따면서 버텼다.

생명은 놀라웠다. 상상하지 못했던 신기한 생물들이 속속 지구 표면에 등장했다. 점점 일자리가 늘었다. 내 생존 교훈은 이렇다. 이럴 때일수록 어려운 작업에 뛰어들어야 한다. 나는 좀 늦게 설립된 기피 부서에 지원했다. 단독 지원이었으니 내가 일을 맡는 건 당연했다. 그게 사람이었다. 호모 사피엔스.

처음 했던 일은 업무분장과 정리였다. 사람인지 아닌지 애매한 종류들이 있었다. 그때만 해도 숫자가 얼마 되지 않기에 모두 불러 모았다. 풍광 좋던 휴양지 에티오피아에 크로마뇽, 네안데르탈, 오스트랄로피테쿠스 등 유사종이 모두 모였다. 그중에는 체력이 떨어지거나 주의가 좀 산만한 친구들이 있었다. 회의 마친 후 멀리 못 가고 죽기도 했다. 그 유골이 요즘도 에티오피아 근처에서 심심찮게 발견되고는 한다.

회사가 좀 더 바뀌었다. 민영화로도 모자라 경쟁 회사도 세워졌다. 미칠 노릇이다. 우리 회사도 소비자 중심의 경영 원칙을 표방하기 시작했다. 사람 여부를 판단하는 주체가 우리가 아니고 사람으로 바뀌었다. 소비자 중심은 알겠는데 사람을 모를 일이었다. 이들이 스스로를 보는 시각은 신기했다. 여자는 사람이 아닌 때가 있었다. 멀쩡한 사람을 잡아다 놓고는 사람이 아니라 노예라고 분류했다. 자기와 생김새가 다르다고 우리에 집어넣고 관람을 시키기도 했다. 얼굴색이 달라도 사람이 아니었다.

죽은 사람의 숫자까지 세달라는 민원도 있었다. 몸은 죽어도 영혼은 살아서 빅 보스 근처로 날아간다는 주장이었다. 나는 혹시 보거나 체험한 사람이 있느냐고 물었다. 그들은 그건 아니지만 틀림없이 그렇다고 주장했다. 이건 무슨 소리야. 생각하라. 죽은 후의 세상이 있으면 태어나기 전의 세상도 있을 것이다. 너는 태어나기 전의 세상을 기억하느냐.

이번에는 태어날 때 언제부터 사람으로 치느냐는 질문이 게시판에 올라왔다. 엄마 배 속에서 밖으로 나오기 전에도 사람으로 봐야 하는 게 아니냐고. 내가 직업 선택을 후회하기 시작한 시점이 바로 이렇게 괴상한 민원이 주렁주렁 매달리기 시작한 때다.

나도 이제 은퇴를 가늠하고 있다. 힘들어서가 아니고 암울하기 때문이다. 이들이 요즘 폭죽놀이를 시작했다. 듣도 보도 못한 규모다. 서로 앙심을 품고 있던 이들 사이에서 실제 폭죽이 내던져진 적이 있다. 누가 잘못했는지 따지는 것은 내 일이 아니다. 딱 두 발이 터졌다. 모든 생명체 숫자가 일순간에 푹 내려갔다. 30억 년 넘는 직장 생활에서 처음 겪는 사건이었다.

지금 이들은 수천 개의 폭탄을 내던질 준비가 되어 있다고 서로 인상을 쓰고 있다. 필요한 건 더 뜨거운 적개심과 단추 몇 개 누를 사소한 용기라고 주장하고 있다. 그때 내 앞의 숫자는 분명 다시 0이 될 것이다. 내 주변 책상의 숫자도 0으로 바뀔 것이다. 묻노니 도대체 누가 너희에게 그런 권한을 주었느냐.

창밖을 보라. 풀밭을 걸어보라. 그리고 발밑을 보라. 거기 꼬물거리는 생명을 보라. 우리는 그 수를 모두 센다. 하나 하나 다 우리에게는 소중한 존재들이다. 다시 묻는다. 누가 너희에게 그 권한을 주었느냐.

오토바이

영혼, 그런 거 없다. 진정성, 애정, 관심도 없다. 최저시급이 있을 따름이다. 그것이 알바의 자세다. 가끔 찌그러진 오토바이가 따라오기도 한다. 그걸 타고 쓰러질 듯 밤거리의 모퉁이를 달려보라. 휘청거리는 세상을 마주 보고 질주하는 그 맛을 너희가 아느냐. 길게 빤 담배를 빨갛게 털어 날려주는 맛도 빼놓지는 마라.

알바 광고가 떴다. 지구 위 생명체 수를 센다던 그 회사였다. 시급은 군더더기 없이 딱 그 액수였고 오토바이도 있었다. 채용된 인원은 알 수 없다. 나는 사람, 호모사피엔스 세는 곳에 배정되었다. 뭔가 기분이 좋지는 않았지만 말했잖아, 시급이 중요하다고.

내 임무는 현장 확인이었다. 판단이 모호하니 가서 사람 수를 확인해라. 회사에서 일을 지시하는 사람을 우리는 그냥 점장이라고 불렀다. 사람 담당 점장은 나이는 엄청 먹었는데 여전히 말단인 아저씨였다. 이전에 티라노사우르스 담당이라던.

점장은 이런 기초 조사의 중요성과 빅 보스의 선견지명을, 그런데 자기가 젊었을 때 겪은 세상살이의 고난을, 그래서 이룩된 요즘 시대의 물질적 풍요를, 따라서 해이하고 만연한 요즘 애들의 정신 상태를 얼굴 마주칠 때마다 늘어놨다. 서론은 달라도 이르는 결론은 항상 같았다. 기어이 이룩한 강 보이는 아파트 입성기.

점장의 이야기는 하나도 내 귀에 걸려들지 않았다. 그 입가의 허연 게거품만 눈에 거슬렸다. 내가 사는 창 없는 고시원이 왜 강 보이는 강남 아파트보다 평당 월세가 높아야 하는지 굳이 묻지 않았다. 점장 같은 세대들이 우리들 옆구리에 빨대를 꽂고 있는 거 아니냐고 따지지도 않았다. 최저시급이라고 알려주면 최적시급이라고 알아듣는데 말을 섞어야 피곤할 따름이다. 이 알바에서 잘리면 나는 중국집 오토바이를 타야 한다. 최저시급은 글자 속에나 있게 되고 나는 고시원 월세 낼 일이 막막해진다.

점장이 원하면 우리는 한다. 열정을 기대하지는 마라. 점장의 말이 끝나면 나는 오토바이 열쇠를 꽂고 내달렸다. 신호, 차선 그런 건 묻지 마라. 내 인생의 목적지가 보이지 않는데 가는 길인들 보이겠느냐. 길이 보이지 않는데 무서울 건 있겠으며 아쉬울 건 있겠느냐. 세상에 내가 남길 게 있다면 오토바이의 브레이크 자국일 것이다. 나는 달린다.

우리는 시간 나면 언덕 꼭대기 편의점에 오토바이를 세워놓고 놀았다. 우리에게는 허위 신고가 문제였다. 가장 많은 신고는 성공적 위장술의 부산물이었다. 치열한 생존 전략의 결론은 자신을 지우는 것이었다. 튀면 보이고, 찍히고, 먹힌다. 나뭇가지처럼 생긴 메뚜기, 모랫바닥 같은 색의 나방, 이파리처럼 생긴 나비 등. 심지어 자신을 잡아먹는 포식자를 또 잡아먹는 포식자처럼 위장하는 피식자도 있었다. 너희가 뛰면 우리가 날겠다는 선언이었다. 상상 초월의 위장술 때문에 사회 기본 데이터의 신뢰도가 떨어진다고들 했다. 나는 동료 알바들 핸드폰에 찍힌 사진들 보다가 웃겨서 죽는 줄 알았다. 숨은 그림 찾기였다. 정말 다양했다.

나는 개 담당과 짝꿍이 되었다. 같이 출동해야 할 일이 많았기 때문이다. '개만도 못한' 신고가 '개 같이' 접수되면 나는 짝꿍을 뒷자리에 태우고 빛의 속도로 출동했다. 틀림없이 다 큰 사람 어른을 보고 개의 새끼일 거라고 단호하게

주장하는 경우에도 달려갔다. 유전자 검사, 가족관계확인원은 필요 없었다. 개와 사람은 분명히 달랐다. 그리고 나서 나는 점장에게 문자 보고를 날렸다. 그런데 대개는 신고를 한 사람들이 개처럼 이빨을 드러내며 씩씩거렸다.

우리를 가장 헛갈리게 만드는 신고는 바로 이거다. "걔는 술만 먹으면 개가 돼." 그러면 또 우리는 즉시 출동해서 지칭된 걔가 누구인지, 걔가 술을 먹고 있는지, 그리하여 걔는 과연 개로 변하는지 확인해야 했다. 걔가 개가 되기 위해 떼어내야 할 그 점 하나는 밤늦게까지 끝내 사라지지 않았다. 우리는 빨간 담뱃재를 허공에 날려주면서 어두운 길을 달려 돌아왔다.

봄날이었다. 꽃이 피고 나른해서 스멀스멀 눈꺼풀로 낮잠이 찾아드는 때였다. 점장 책상의 숫자가 갑자기 −295를 찍었다. 파도도 없었는데 배는 뒤집혔고 가라앉았다. 아이들이 많았다고 했다. 9명의 상태를 아직 알 수 없다면서 점장이 나를 바닷가로 보냈다.

나도 철이 들어서 사람 보는 눈이 생겼다. 그 눈은 또 제각각인지라 장사치에게는 사람이 돈이고 정치인에게는 사람이 표였다. 사업가에게는 배가 돈이었으므로 돈 때문에 뜯어고쳐졌다. 선원은 단지 돈 때문에 고용되었고 배 안의 사람은 배 안의 짐과 다르지 않았다.

자식 잃은 어미들이 곡기를 끊고 엎드려 울고 있는데 또 이빨을 드러내고 이죽거리는 무리들을 나는 보았다. 마지못해 바닷가에 온 정치인들은 왜 이런 절규의 목소리를 자신들이 듣고 있어야 하는지 어리둥절해 했다. 아마 이들은 내가 알고 있는 호모사피엔스의 종류는 아니었을 것이다. 나는 점장 책상의 숫자도 잘못되어 있을 거라고 생각했다. 이 일을 그만둘 때가 되었다고 느꼈다.

오토바이 열쇠를 반납하고 나올 때 바람이 조금 불어 나뭇잎이 흔들렸다. 펴보니 내 손은 텅 비었고 그 바람 끝의 아무것도 남아 있지 않았다. 하늘도 마음도 텅 비었고 아무 말도 생각나지 않아서 너무 슬펐다. 얘들아, 잘 가.

조건반사

얼음이 녹기 시작했다. 겨울이 아니고 간빙기가 끝난 것이다. 날이 온화해지니 살기는 오히려 더 어려워졌다. 수면이 상승하면서 지표면이 좁아졌다. 살아남은 자들의 경쟁이 치열해졌다. 결국 추운 시절에 어떤 대비를 했느냐가 이 온화한 시절 생존 규정의 변수였다.

우리의 간빙기 전략이 패착임이 곧 드러났다. 우리는 적당히 크고, 적당히 어중간하게 빠르고, 또 애매하게 명석했다. 문제는 어느 경쟁에서나 우리보다 상대적 우위종이 있다는 것이었다. 우리는 곰보다 작고 표범보다 느리고 원숭이보다 아둔했다. 우리에게는 차별화된 경쟁력이 없었다. 기회와 위기가 교차하는 지점에서 모든 변수가 우리에게 위기였다. 그것이 우리, 개들의 위치였다.

적당한 능력으로 간신히 먹고살 수는 있었다. 여기저기서 누가 흘리고 버린 것들을 주워 먹으면 굶지는 않고 멸종은 피할 수 있었다. 그러나 이 화사한 기회의 시기에 그것이 우리의 생존 방향일 수는 없었다. 표범과 하이에나 사이의 선택이었다. 킬리만자로에서 굶어 죽은 것이 표범이면 소설이나 유행가로 남겠지만 하이에나면 치워야 할 쓰레기일 따름이다.

반성과 분노의 목소리가 불거져 나왔다. 분노는 쉬우나 어려운 것은 대안이었다. 뻔한 논의와 궁리가 오락가락했다. 지지부진한 과정이었다. 우리도 곰보다 크고 표범보다 빠르고 원숭이보다 총명해지자. 누구나 할 수 있는 말이고 듣기는 쉬웠다. 그러나 그런 원칙론은 발언자의 무책임과 무능을 드러낼 뿐이었다. 그러던 중 누군가가 전복적 제안을 내놓았다. 가축화 전략이었다. 가장 유망한 종의 가축이 되자. 그리고 전세를 뒤집어 그 종의 주인이 되자. 잠시 모두 말문이 막혔다. 격론이 벌어졌다.

의견은 분분했고 좁혀지지 않았다. 토론과 타협의 결론을 내는 방법은 폭력이나 표결이다. 우리도 결론을 내지 못하고 결국 표결에 이르렀다. 그러나 압도적인 결과가 아니라면 그 결과는 갈등이고 또 그 결과는 분열일 뿐이다. 그리고 그것이 우리의 결과였다. 가축화 전략에 찬성하지 않은 자들은 표표히 산으로 떠났고 지금 들개가 되었다.

우리는 대상을 선택해야 했다. 말하자면 우리가 기생할 숙주를 찾아야 했다. 수집된 정보를 종합하면 결론은 인간이라는 종에게 수렴되었다. 간빙기에 우리가 주행과 코에 집중하는 동안 이들은 직립보행과 뇌에 집중했다. 그 결과 이들은 복잡한 단계의 언어를 발명했으며 돌을 깨내 도구를 만들기 시작했다. 우리는 인간을 선택했다.

지금부터가 우리 전략의 첫 단계다. 인간에게 다가가야 했다. 우리는 식량화 단계라고 부른다. 고기가 되어주는 것이었다. 우리는 인간의 주위를 배회하다 그들이 사냥에 실패할 때 기꺼이 그들의 식량이 되어주었다. 회상하면 눈물나는 영웅적 희생의 시기였다. 셀 수 없는 우리의 선조들이 유전자의 전파를 위해 기꺼이 목숨을 바쳤다.

우리가 그들의 고기가 될수록 그들은 더 우리를 필요로 했다. 그때 인간의 눈에 우리는 배회하는 고깃덩어리에 지나지 않았을 것이다. 그 시기가 지났다. 물론 아직도 우리를 고깃덩어리로 인식하는 자들이 남아있기는 하다. 오래전 우리의 작전이 아직까지 남아있는 흔적이다.

우리의 전략을 눈치챈 종이 따로 있었다. 원숭이였다. 이들은 인간보다 훨씬 더 좋은 조건을 제시하며 우리에게 자신들의 가축이 될 것을 제안했다. 은밀하게 회담이 열렸다. 원숭이들은 식량화 단계를 건너뛴 가축화를 제시했다. 그러나 원숭이는 인간 정도의 언어도, 도구도 만들지 못했다. 결국 좀 더 저렴한 가격에 스텔스 기능이 없는 전투기를 구매하라는 제안과 비슷했다.

우리 대표는 회담 결렬을 선언했다. 원숭이들도 기분이 좋지 않았다. 어쩌면 모독으로 받아들였을 것이다. 우리와 원숭이 사이는 좋지 않게 되었다. 나중에 견원지간犬猿之間이라는 말이 그래서 생겨났다.

다음은 의존화 단계다. 인간이 우리를 꼭 필요한 존재로 믿게 만드는 것이었다. 인간이 우리를 더 이상 고기로 인식하지 않게 되었다. 지금부터 약 만 년 정도 전의 변화였다. 우리는 인간보다 빠른 발과 발달된 후각으로 인간이 부족한 부분을 채워줬다. 우리는 함께 사냥을 나갔고 잡은 고기를 지켜줬다. 낯선 존재가 마을에 접근할 때 누구보다 먼저 일어나 짖어서 경고해줬다. 인간은 우리에게 의존하기 시작했다.

사실보다 중요한 것은 사실의 홍보였다. 우리는 개가 인간을 보호한다는 미담을 발굴, 가공, 전파해 나갔다. 위험에 처한 주인을 개가 구출했다는 이야기는 가장 흔히 발견되는 미담 사례였다. 플랜더스의 개 이야기가 지구의 구석구석까지 퍼졌을 때 우리는 조용히 다음 단계 작전을 준비했다.

마침 작전 착수 여부를 판단할 만한 실험의 첩보가 입수되었다. 러시아 생리학자였다. 그가 개를 이용한 실험을 준비한다는 소식이었다. 우리는 즉각 작전을 세웠다. 파블로프의 실험은 간단했다. 우리는 그가 종을 치면 침을 흘려주었다. 파블로프는 종을 치면 개들이 침을 흘리더라며 이것이 조건반사라고 발표했다. 우리가 주목한 것은 종을 치는 파블로프였다. 파블로프는 그 이후 개만 보면 종을 치고 싶어 안달을 했다. 우리에게는 그것이 조건반사였다. 인간이 우리에게 완전히 예속되었다는 증거였다.

이제 우리 작전은 완성의 단계에 이르렀다. 인간이 개의 가축이 되기 시작한 시대다. 인간이 드디어 우리를 모시고 살기 위해 모든 것을 걸기 시작했다. 그들은 우리를 씻기고 먹이기 위해 노심초사한다. 공원에 가면 우리를 모시고 다니는 인간이 빼곡하다. 우리가 편한 곳에 배설하면 인간은 굽실거리며 그 결과를 정리해야 한다. 우리가 근엄히 인간을 꾸, 짖으면 인간들 사이에서 서로의 잘못이라고 분쟁이 발생한다. 우리가 죽으면 엄숙히 납골당에 모시기 시작했다.

진화의 결과는 종種 다양성이다. 우리는 인간의 헌신적인 조력에 힘입어 시베리안 허스키부터 치와와에 이르는 다양성을 확보했다. 가끔 진화에 방향성이 있으며 그 발전의 끝 단계에 인간이 있다고 믿는 사람들이 있기도 하다. 원숭이가 발전한 게 사람이라는. 혹시 당신이 그런 사람일지도 모르겠다. 그렇다면 그 발전도표 맨 위의 빈칸에 우리의 이름을 써넣으라. 개.

꿈의해석

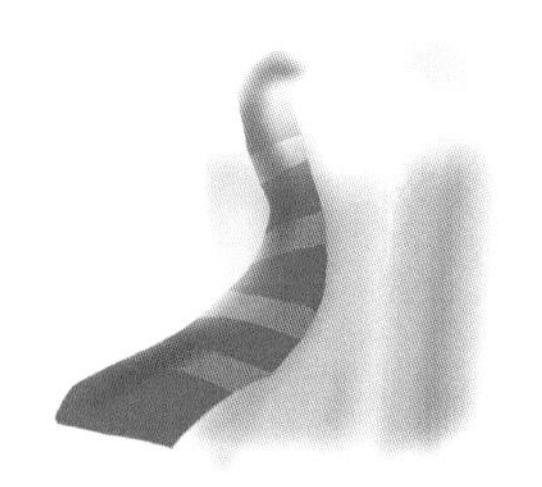

끔찍한 날이 또 왔군. 우리가 굶주림에 떨어야 하는 날. 12월 31일. 하필이면 겨울이라서 심지어 추운 날.

음식 먹은 다음 화장실에서 찌꺼기 배출하지? 머릿속도 마찬가지야. 상상, 궁리, 계산하고 남은 찌꺼기가 꿈이야. 자면서 꾸는 그 꿈 말이야. 변비로 찌꺼기 배출 못 하면 몸 여기저기 이상 생기잖아. 꿈도 배출, 청소 안 하면 머릿속이 쓰레기통 돼. 우리가 그걸 깨끗하게 없애준다고, 먹어서. 절대 기생이 아니야, 공생이라고. 낮은 너희의 것, 밤은 우리의 것.

밤은 우리가 일용할 양식이 익기 시작하는 시간이지. 우리는 안개처럼 슬슬 사람들 머릿속에 들어가서 몽글몽글 분비되는 꿈을 먹어. 꿈도 맛이 다양해. 달고 시고 떫고 고소해. 꿈이 맛있으면 당연히 깔끔히 먹어치우지. 그럼 사람들의 아침이 개운해져. 맛없으면 이곳저곳 베어 물다가 그냥 나와. 일어났을 때 꿈이 기억나면 그건 우리가 먹다가 남긴 거야. 여기저기 파먹었으니 내용은 뒤죽박죽이고 청소가 덜 되었으니 머릿속은 뒤숭숭하지.

우리가 한참 꿈을 먹고 있는데 사람들이 깰 때가 있어. 아주 당황스럽지. 우리는 먹던 걸 마저 먹어야 하니 놓지 않겠다고 버틴다고. 그럼 사람은 깬 건지 안 깬 건지 모르는 상태에서 또 발버둥을 치고. 가끔 소리 지르면서 깨는 경우도 있어. 가위눌렸다고 하는 거지.

대개 애들 꿈이 말랑말랑하고 맛있어. 세상에 처음 보는 신기한 것투성이여서 그런지 맛도 다양해. 나이 먹으면 꿈도 다 비슷비슷하게 질겨져. 뻔한 생각 하게 되니까 그런 모양이야. 이런 꿈은 식사가 아니라 끼니라고 쳐야 해. 먹는 게 아니고 때우는 것. 그런데 요즘 애늙은이들이 늘어가나 봐. 분명 애들 꿈인데 먹어보면 단체주문 도시락 맛이야. 텁텁, 밋밋, 푸석. 속상하지. 인생삼락 중 최고 낙이 식도락인데 이게 도시락이라니.

어른들 꿈에서도 우리가 좋아하는 게 있지. 야한 꿈. 이런 꿈 만나면 의식이 혼미해져. 어휴, 생각만 해도 벌써 짜릿하네. 이런 꿈은 찌꺼기 한 톨 없이 말끔하게 먹어치우지. 그랬더니 웬 이상한 의사가 이걸 어렴풋이 눈치챈 거야. 왜 야한 꿈은 기억이 잘 안 나거나 작은 조각만 남느냐고. 맹랑한 의사인 거지. 정신분석학이란 수상한 학문이 생긴 거고. 꿈의 해석, 억압, 무의식, 리비도, 이런 거 하나도 믿지 말라고.

진짜 문제는 사람들이 점점 잠을 안 자는 거야. 옛날에는 해 지면 잤잖아. 그런데 전깃불이 켜지면서 사람들 잠이 엄청 줄었어. 새벽에야 자기 시작하는 사람도 있어. 당연히 꿈을 안 꾸지. 그럼 우리는 그동안 쫄쫄 굶고 기다려야 한다고. 세상에서 제일 슬픈 게 배고픈 건데, 이걸 매일 당해봐. 우리에게는 전구 발명한 아저씨가 역사상 최대 원수야. 야간작업, 철야집회, 밤샘토론. 다 우리 가슴을 철렁하게 하는 단어들이야.

우리도 생존 전략을 짜야지. 바로 술이야. 우리야 원래 안개처럼 돌아다니니까 술병, 술통에 들어가는 건 일도 아니지. 우리가 들어가면 술 도수가 낮아져. 요즘 소주가 맹물이라고 불평하는 사람들 많지? 덕분에 사람들이 소주를 마시는 게 아니고 들이붓기 시작했어. 심지어 맥주도 밍밍하다고 소주를 붓지. 효과가 바로 나타나. 어디서나 자는 거지. 지하철, 택시, 벤치. 장소를 가리지 않아.

그런데 술 먹은 꿈은 머리에 끈끈하게 붙어 있어서 잘 안 떨어져. 우리가 그런 꿈을 뜯어먹고 나면 다음 날 아침 꿈 꾼 사람 머리가 아파지게 돼. 미안하지만 어쩔 수가 없지. 심하게 끈적이는 걸 열심히 뜯다보면 멀쩡한 기억까지 딸려오게 돼. 그러면 다음 날 기억이 하나도 안 나지. 필름이 끊겼다고 하는 거야. 뉴스에 끌려나와서 어제 술 먹고 한 짓이라 기억 안 난다는 사람들 있지? 원래 머릿속에 숙변 같은 찐득한 찌꺼기가 가득했던 거야.

12월 31일. 모두 밤거리를 쏘다니거나 텔레비전 켜놓고 필사적으로 안 자는 밤. 어디 있는지 알지도 못하던 보신각에서 종은 왜 치고, 방송사마다 짜고 치는 시상식들은 도대체 왜 들여다보고 있는 거야? 살 빼고 담배 끊는 결심을 굳이 그렇게 밤샌 다음 아침에 하고는 작심삼일이라고 자책해? 그냥 생각났을 때 시작하고 밤 되면 자라구. 지구는 덜컥덜컥이 아니고 뎅굴뎅굴 굴러가는데 거기에 눈금 매기면 뭐해. 1월 1일이 아니고 매일이 새로워야지.

맺는말

꿈과 꽃

한바탕 꿈이었나보다. 즐거운 꿈이었다. 이곳은 천연덕스럽게 거짓말을 하고 상상이었다고 둘러대면 되는 그런 곳이었다. 제멋대로 깨진 채 쌓인 벽돌도, 줄눈 안 맞게 붙여진 타일도, 구멍이 숭숭 난 콘크리트도 없는 동네였다. 자유로운 곳이었다.

늘어놓은 원고를 추슬러 원고로 묶으려니 출판사에서는 삽화도 그려내라고 요구했다. 오랜만에 알록달록 색칠을 하려니 이 또한 즐거운 일이었다. 생각나는 대로 훨훨 날아다니다 보니 과연 내가 나비인지 나비가 나인지 잘 모를 지경이었다.

글을 쓰면서 꼭 한 곳에서는 마음이 무거웠다. 처음 원고를 쓸 때, 바다에 몸을 남기고 간 사람 아홉 명이 가족에게 오지 못했다. 가족은 피지 못한 꽃 같은 그 몸을 찾지 못했다. 지금 그 수는 다섯 명으로 줄었다. 그렇다고 슬픔도 그렇게 줄어든 것은 아닐 것이다. 세상에는 억울하게 웅크린 사람들이 분명 많았다. 그런데 나는 이런 허튼소리나 하고 있어도 되는지 미안했다.

봄날이었다. 원고 청탁을 받았다. 마음에 남아 있는 시 한 편을 소개해 달라고 했다. 어렵지 않게 시를 꺼낼 수 있었다. 그 글을 이 책의 마무리로 삼는다.

勸君金屈巵　그대에게 이 잔 권하니
滿酌不須辭　잔이 넘친다 사양 말게
花發多風雨　꽃 필 때 비바람 많고
人生足離別　인생에 이별 많으니

— 〈권주勸酒〉, 우무릉于武陵, 810~?

깡마른 문장이다. 그런데 담긴 감수성이 흥건했다. 한숨이 나왔다. 무장한 논리로는 손톱만큼의 해석도, 이해도 불가능한 세계였다. 글재주 아닌 관조의 적층積層이 한 길 넘게 깔려야 가능할 것이다. 거기 꽃잎 하나를 살짝 얹어 피워낸 시였다. 들여다보아 깊이를 가늠하기 어려운 달관의 경지였다. 내게는 감탄의 한숨이 나왔다.

대학원생 시절 만난 중국 당나라 때 시다. 연구실은 옥탑방이었다. 내려다보면 성주암 계곡에도 시절의 부름대로 꽃이 폈다. 해가 지면 서편 산자락이 검어지고 능선 뒤에 노을의 휘장이 펴졌다. 거대한 빛의 향연이고 침묵의 교향시였다. 그때 이 시를 만났다. 천 년 전의 봄날에도 꽃은 피고 노을은 졌구나. 그리고 가슴에 꾹꾹 눌러 담아야 할 슬픔이 있었구나.

시는 말을 건넸다. 아니 그냥 술 한 잔을 권했다. 먼저 진 꽃이 아직 거기 벌판에 얹혀 있는 꽃잎에게. 무심히, 그리고 서서히 돌고 있는 지구 위에서.

계절이 찬란하다. 하지만 사월의 표지 뒷면에는 피지 못한 꽃의 슬픔이 난만히 묻어 있다. 잔은 술인지, 눈물인지 가득하여 넘친다. 그대에게 이 잔 권하는 지금, 비바람 많은 사월이 가고 있구나.

건축가 서현의 인문학적 상상
상상의 책꽂이

1판 1쇄 인쇄 | 2018년 5월 18일
1판 1쇄 발행 | 2018년 5월 30일

지은이 서현

펴낸이 송영만
디자인자문 최웅림

펴낸곳 효형출판
출판등록 1994년 9월 16일 제406-2003-031호

주소 10881 경기도 파주시 회동길 125-11
전자우편 info@hyohyung.co.kr
홈페이지 www.hyohyung.co.kr
전화 031 955 7600 | 팩스 031 955 7610

ISBN 978-89-5872-160-4 03800

값 14,000원

이 도서의 국립중앙도서관 출판예정도서목록(CIP)은 서지정보유통지원시스템
홈페이지(http://seoji.nl.go.kr)와 국가자료공동목록시스템(http://www.nl.go.kr/kolisnet)에서
이용하실 수 있습니다.(CIP제어번호: CIP2018014308)